KB155211

울트라 *ULTRA KOREA*
코리아

울트라 코리아 ULTRA KOREA

1판 1쇄 찍음 2022년 04월 7일
1판 1쇄 펴냄 2022년 04월 15일

지은이 | 정사부
펴낸이 | 정 필
펴낸곳 | (주)뿔미디어

편집장 | 문정흠
기획·편집 | 윤석준

출판등록 | 2002년 9월 11일 (제1081-1-132호)
주소 | 경기도 부천시 원미구 소향로17, 303(두성프라자)
전화 | 032)651-6513 팩스 | 032)651-6094
E-mail | bbulmedia@hanmail.net
비북스 | http://b-books.co.kr

값 8,000원

ISBN 979-11-6713-957-3 04810
ISBN 979-11-6565-919-6 04810 (세트)

15
정사부 현대 판타지 장편 소설
울트라 코리아
ULTRA KOREA
BBULMEDIA FANTASY STORY

CoNTENTS

1. 일방적인 전쟁

일본이 2차 세계대전에서 패전을 하고 군대를 갖지 않는 평화 헌법을 채택함으로써 일본은 자국 보호를 위해 군대가 아닌 자위대를 창설했다.

하지만 이는 일본의 발전을 위해 일본인들이 취한 정책에 지나지 않았다.

겉으로는 순종적으로 보이지만, 미국은 강자에게는 고개를 숙이는 한편 자신보다 밑이라 생각하는 존재에게는 한없이 거만하게 구는 이중적인 일본인의 성격을 알지 못했기에 이를 허락했다.

자위대는 말이 자위 차원의 경비대지, 그 전력을 보

면 웬만한 군대의 전력을 훨씬 상회하고 있었다.

실제로 일본의 육상자위대를 빼고 해상자위대나 항공자위대의 전력을 보면, 전 세계 군사력 순위 5위의 막강한 전력을 보유하고 있었다.

최근에야 군사력 순위 6위라고 알려진 대한민국의 군사력이 알려진 것 이상으로 막강하다는 것이 드러나면서 그 군사력 평가를 신뢰하기에는 조금 부족하지 않느냐는 말이 나오고 있기는 하지만, 그래도 어찌 되었든 일본이 세계 군사력 순위 10위권 안에 들어가는 것은 사실이었다.

특히나 만재 배수량 8,000t 이상의 이지스 구축함의 숫자를 보면 미국 다음으로 많은 숫자를 가지고 있어 동북아시아뿐만 아니라, 전 세계를 따져 봐도 해군 순위에서 한 손에 꼽히는 나라가 일본이었다.

그런 일본의 해상자위대 중에서도 최강이라 할 수 있는 제1호위대군이 주둔지인 요코스카 기지를 나와 서진(西進)을 하려고 하고 있었다.

총리실에서 하달된 한국과의 전쟁에 총력전을 펼치기 위해서였다.

원래 제1호위대군의 임무는 태평양 쪽에서 수도 도쿄로 들어오는 러시아 극동함대를 막아 내는 것이 주 임무였지만, 현재는 그런 건 무시하고 한국을 공격하는

데에만 집중하기 위해 출동을 한 것이다.

"얼마나 남았지?"

요코스카 기지에서 출항한 제1호위대군의 기함인 DDH—183 이즈모 경항모의 함장 하시모토 이치로 해장보는 부관에게 물었다.

이제 막 도쿄만을 빠져나와 오시마 섬으로 접어들고 있는 상황에서 물어본 것이었다.

"아직 한참 남았습니다."

질문을 하는 하시모토 해장보에게 부관은 정확한 시간을 알려 주기보단 아직도 많이 남았다는 부정확한 대답을 하였다.

그럼에도 하시모토 해장보는 별다른 타박을 하지 않았다.

그도 그럴 것이, 하시모토 해장보는 이번 한국과의 전쟁이 그렇게 썩 달갑지 않았기 때문이다.

명분도 없고, 동맹까진 아니더라도 러시아나 중국을 견제하기 위해선 한국이 무척이나 필요했다.

오키나와에 주일 미군이 주둔하고 있다고는 하지만, 그들만으로 유사시 일본을 지킬 수 없었다.

막말로 중국이 한국과의 전쟁에서 패전을 하여 전력이 줄어들었다고 하지만, 만약 그것을 만회하기 위해 중국이 일본을 침공한다면 현재 일본 자위대의 전력에 더해 주일 미군이 합류한다고 해도 막아 낼 수 없었다.

이는 해상자위대 참모부의 판단이었다.

하지만 문제는 총리실이나, 정치인들은 그렇게 생각하지 않고 있다는 점에 있었다.

한국이 할 수 있는데 일등 민족인 일본인이 하지 못할 리 없다고 판단하는 것이다.

사실 이런 사실은 일본의 정치인과 우익에 빠진 덜떨어진 지지자들만이 모르고 있는, 아니, 외면하고 있었다.

그래서 이번 출항 명령이 마음에 들지 않는 것이다.

굳이 한국과 전쟁을 할 이유가 없음에도 억지로 명분을 만들어 전쟁을 하려는 정치인들을 그저 씹어 먹고 싶을 뿐이었다.

그럼에도 불구하고 국가의 녹을 먹고 있는 공무원이기에 하시모토 해장보는 명령에 따랐다.

그런데 화창한 날씨 속에 순항을 하고 있던 일본 해상자위대 제1호위대군의 앞에 엄청난 상황이 펼쳐졌다.

이를 목격한 일본 해상자위대원들의 간담이 서늘해졌다.

콰과과광!

마치 하늘에서 강철의 비가 내리는 듯했다.

아니, 강철 비가 쏟아졌다.

울트라 코리아

펑! 펑! 펑!

강철의 비가 바다에 떨어질 때마다 수면은 커다란 폭음과 함께 바닷물을 이리저리로 비산시켰다.

"뭐야! 무슨 일이 벌어지는 거야?"

하시모토 해장보는 이상 현상이 벌어지고 있는 하늘과 바다를 주시하며 소리쳤다.

하지만 들려온 대답은 없었다.

그도 그럴 것이, 다른 이들이라고 해서 알 수 있는 것은 아무것도 없었기 때문이다.

그렇지만 하시모토 해장보는 짐작할 수 있었다.

지금 벌어지고 있는 이 현상이 포탄 내지는 공대함 미사일이 쏟아지고 있는 모습이란 것을.

그리고 바다에 떨어져 폭발을 하는 규모를 보면 미사일은 아니고, 그렇다고 함포의 포탄이 폭발을 하는 것이라고 보기에는 위력이 너무도 강력했다.

어떻게 보면 함대함 미사일이 아닐까 하는 생각이 들기는 했지만, 또 그렇게 보기에는 그림자의 크기가 너무도 작아 눈에 보이지도 않았다.

함대함 미사일이 빠르다고는 하지만 그 크기 때문에 가까이에 떨어지면 그림자는 보일 터인데, 지금 자신들이 지나갈 전방에 쏟아지는 그것은 그림자도 보이지 않았기에 미사일은 아니라 판단했다.

'혹시⋯⋯.'

하시모토 해장보는 순간 그의 뇌리를 스치는 생각이 있었다.

그것은 바로 한국군이 극비로 숨기고 있다가 한중 전쟁에서 첫선을 보인 초장거리포였다.

한 발 한 발이 대함미사일급의 위력에 필적하는 한국의 최신형 초장거리포는 한중 전쟁 당시 중국 해군이 자랑하던 구축함들을 침몰시켰다.

그런데 지금 그것으로 짐작되는 공격이 자신이 지휘하는 호위대군의 전방에 떨어지고 있었다.

"꿀꺽!"

하시모토 해장보는 저도 모르게 마른침을 삼켰다.

한번도 생각해 보지 못한 상황이었기에 하시모토 해장보는 자신도 모르게 공포를 느꼈다.

차라리 상대의 미사일 공격이었다면 함재기를 띄워 요격을 하거나, 이지스 구축함들을 이용해 함대 방어를 하려 했을 것이다.

하지만 일본이 보유한 대공방어 체계 중 그 어느 것도 극초음속으로 날아드는 포탄을 요격할 순 없었다.

이는 이스라엘이 사용 중인 아이언 돔 미사일 방어 체계라도 불가능한 일이었다.

세계에서 유일하게 포탄을 중간에 요격할 수 있는 대

울트라 코리아

공방어 체계는 아이러니하게도 현재 일본이 전쟁을 하려는 대한민국의 스카이넷 시스템이 유일했다.

펑, 펑, 펑, 펑!

하시모토 제1호위대군의 지휘관인 그는 계속해서 바다에 떨어지고 있는 강철 비를 보면서 암담한 벽을 느꼈다.

명령에 의해 출동을 하기는 했지만, 불과 몇 백 미터 앞에 넘을 수 없는 철벽이 있는 것만 같았다.

"얼른 전 함대에 멈추라 전해!"

혼자만의 생각에서 벗어난 하시모토 해장보는 급히 통신병에게 명령을 하여 모든 함대에 항진을 멈출 것을 지시했다.

눈앞에 펼쳐지는 강철 비의 현상을 보면서 저것이 무엇을 의미하는 것인지 깨달았기 때문이다.

실제로 대한민국 정부는 확전을 원하지 않았다.

한반도에 가까워 직접적인 위협이 되는 제3호위대군이나, 제4호위대군 등은 공중순양함과 공중호위함에서 발사한 현무미사일로 격퇴를 하면서도 위치적으로 위협이 덜한 제1호위대군이나, 제2호위대군의 경우에는 경고만 하는 것으로 방침을 정했다.

일본의 해상자위대 전력의 절반인 제3, 4호위대군이 전멸을 하게 된다면, 일본 정부도 정신을 차릴 것이라고 한국 정부는 판단을 했다.

그래서 사거리가 1,000㎞나 되는 최신형 초장거리포를 발사하여 경고를 한 것이다.

거기다 대한민국은 일본이 전쟁을 패배한다면 전쟁배상금을 지불할 능력이 없다는 것을 이미 알고 있었다.

현재 일본은 오랜 경제 불황으로 경제성장이 마이너스인 상태였다.

그나마 일본이 모라토리엄을 선언하지 않고 유지되는 이유는 오래전 경제 대국으로 있던 1980년대 벌어 둔 자본으로 많은 나라에 엔화를 빌려주어 이자를 받아 왔기에 가능한 것이었다.

하지만 오랜 삽질로 인해 일본의 국고는 계속해서 줄어들었고, 이제는 거의 바닥을 드러내고 있었다.

그런데 어떻게 전쟁배상금을 지불하겠는가.

물론 일본이 대한민국과의 전쟁에서 승리를 한다면 상황이 달랐겠지만, 사실 일본이 한국과의 전쟁에서 승전을 한다는 어떠한 근거도 없었다.

손자병법에 적을 알고 나를 알면 백번 싸워 한 번도 지지 않는다고 했다.

그런데 일본은 적인 한국을 몰랐고, 또 자신들의 역량도 몰랐다.

일본 자위대의 장비가 세계적으로 우수한 것은 맞다.

하지만 아무리 우수해도 그것을 운용하는 것은 인간이었다.

한국군이 비록 징병제라 하지만, 목적의식이 명확하며 실전에 들어가면 절대로 물러섬이 없는 전투 병기였다.

반면 일본 자위대는 모병제이면서도 우수한 엘리트 집단이 아닌, 사회에 부적격하다고 판명된 이들이 대부분을 차지했다.

거기다 일제의 잔재인 부조리가 만연하여 겉으로는 정예인 듯 보이지만, 속은 만신창이나 다름이 없는 조직이 바로 일본의 자위대였다.

그런 것도 알지 못한 채 그저 망상에 빠져 일본의 물건이 무조건 한국의 것보다 우수하다 착각해 전쟁을 일으켰다.

그러니 결과는 빤히 나와 있었다.

그러한 점을 알기에 동북아의 정세를 위해 미국이 일본 정부를 막아선 거였는데, 일본 총리는 그것도 모른 채 자만하여 전쟁을 벌였다.

일본에 만연한 자연재해를 피할 수 있는 땅을 얻기 위해, 그리고 고갈된 재정과 한국이 핵무기를 가지게 되는 것에 대한 두려움 때문에 무리하게 전쟁 선포한 것이다.

"방위성과 총리실의 명령이⋯⋯."

하시모토 해장보의 명령에 부함장인 준이치로 이등해좌가 조심스럽게 말문을 열었다.

명령을 거역하는 자신의 상관을 걱정하여 그렇게 말한 것이다.

하지만 이미 결정을 내린 하시모토 해장보는 단호했다.

"저 앞에 벌어지고 있는 모습이 자넨 보이지 않나?"

아직도 제1호위대군의 진행 방향 200미터 앞에서 벌어지고 있는 현상을 주시하며 물었다.

그런 하시모토 사령관의 말에 준이치로 이등해좌는 가만히 입을 다물었다.

아무리 명령이 중요하다 해도, 빤히 죽는 것을 알면서 전진을 한다는 것은 용감한 것이 아니라 멍청한 것임을 잘 알고 있었기 때문이다.

그리고 혼자 죽는 것도 아니고, 이즈모함에 타고 있는 부하들이나 제1호위대군에 있는 모든 병력을 생각하면 결코 하시모토 해장보의 지시를 거부할 수도 없었다.

"다른 호위대군에도 연락해서 지금의 상황을 설명하고, 상부의 명령이라고 무턱대고 따르지 말고 상황 판단을 제대로 하라고 전해."

하시모토 해장보는 제1호위대군의 전진을 멈춘 것에서 그치지 않고, 다른 호위대군에도 연락을 하여 상황 파악을 하고 행동을 하라 지시를 내렸다.

이에 무전병은 급히 다른 호위대군에 하시모토 해장보의 지시를 전달했다.

하지만 이런 하시모토 해장보의 지시는 사실 늦은 감이 있었다.

*　　　　*　　　　*

요코스카 기지에서 출항한 제1호위대군의 앞에 한국군이 쏜 초장거리 포탄이 경고사격으로 떨어지고 있을 때, 마이즈루 기지를 출항해 한국의 독도로 향한 제3호위대군과 지방대는 한국 우주군 소속 공중순양함인 봉황 1호에서 발사된 현무—6 미사일과 한국 해군의 주몽급 전투순양함에서 발사한 초장거리 함포 공격을 맞고 있었다.

쾅! 쾅!

"으악!"

보이지 않는 곳에서 느닷없이 함대에 날아든 대함미사일로 인해 일본 해상자위대 소속 제3호위대군은 아비규환에 빠졌다.

경항모로 개장된 DDH—181 휴우가를 비롯하여 이지스 구축함인 DDG—177 아타고와 DDG—175 묘코, DDG—185 유타치와 구축함, DD—112 마키나미 등의 승조원들은 패닉 상태에서 헤어나지 못했다.

그도 그럴 것이, 이지스 구축함들이 촘촘하게 구축해 놓은 방공망을 통과해 대함미사일들이 자신들을 향해 날아왔으니 당연한 것이었다.

그런데 설상가상으로 자신들을 공격하는 것은 소수의 대함미사일만이 아니었다.

눈에 보이지도 않는 속도로 쏟아지는 강철 비로 인해 일본의 해상자위대 소속 군함은 물론이고, 바다까지 그 여파로 들끓고 있었다.

그러니 정신을 못 차리고 비명을 지르고 또 고함을 치는 것이 당연했다.

쾅! 쾅!

사실 바다에 떨어지는 포탄은 얼마 없었다.

어떻게 된 일인지 한국 해군의 신형 전투 순양함인 주몽급함에서 쏘아 낸 함포의 초장거리 포격은 90%의 명중률을 보이며 제3호위대군과 함께 얼마 전 합류한 지방함대 소속 군함에 떨어지고 있었다.

더욱이 그 위력은 한 발 한 발이 해상자위대의 최신형 17식 대함미사일의 파괴력과 맞먹었다.

울트라 코리아

그러다 보니 지방함대의 호위함 정도는 한 발만 명중해도 전투 불능 내지는 침몰할 정도였다.

그렇다고 구축함이라고 해서 괜찮은 것도 아니었다.

호위함보다 배수량이 크고 단단한 구축함이지만, 다량의 미사일이 수납된 수직발사관과 같은 취약점에 명중이 된 경우, 유폭이 되어 단숨에 침몰이 되거나 전투 불능이 되었다.

만약 두세 발 이상 명중이 된 경우에는 유폭이 일어나지 않더라도 침몰 내지 대파가 되어 전투 불능이 되는 것은 매한가지였다.

*　　　　*　　　　*

울릉도 상공에 떠 있던 대한민국 우주군 산하 공중순양함 KACG—001 봉황 1호의 격납고 문이 열렸다.

격납고의 문이 열리고 그 안에서 커다란 팔레트가 밖으로 나왔다.

길이 12m, 직경 0.9m의 2단 추진 방식의 미사일을 싣고 있는 팔레트가 상공 40㎞에서 떨어진 것이다.

봉황 1호에서 나온 현무—6 미사일은 봉황 1호에서 분리되어 낙하하던 중 엔진에 점화가 되면서 빠르게 동남쪽의 일본이 있는 방향으로 날아갔다.

그리고 세상에 알려지지 않은 현무—6 미사일이 날아가는 모습이 실시간으로 국내는 물론이고 전 세계로 송출이 되었다.

다만, 그 모습을 본 군 관계자들은 최신형 탄도미사일인 현무—6 미사일의 크기가 전에 개발된 현무—5나, 현무—4에 비해 크지 않은 것이 의아했다.

사실 현무—6는 탄도미사일로 개발이 되기는 했지만, 지상 발사 탄도미사일이 아닌 공중 발사 탄도미사일로 개발이 되었기에 그 크기가 작은 것이었다.

만약 지상 발사 탄도미사일로 개발이 되었다면 지구의 중력을 이기고 날아가기 위해 많은 연료가 필요해 더 커다랗게 변했을 테지만, 현재 발사된 현무—6 미사일의 경우 굳이 중력을 거스르고 공중에 띄워야 할 필요가 없다 보니 많은 연료가 필요하지 않았다.

더욱이 봉황 1호의 격납고에 수용을 해야 하기에 무게의 제한까지 있다 보니, 굳이 사거리를 늘리기 위해 연료를 많이 넣어 무겁게 할 이유가 없었다.

고도 40㎞ 상공에서 발사를 하다 보니, 현무—1이나, 현무—2 정도의 크기로도 충분히 사거리를 확보할 수 있었기에 무게를 줄이고 적재 수량을 늘리는 방향으로 개발이 된 것이다.

그렇게 개발된 현무—6는 작은 크기임에도 불구하고

사거리는 무려 1,300㎞에 이르는 중거리탄도미사일에 속하는 미사일이었다.

그런데 일반적인 중거리탄도미사일을 독도 해역으로 다가오는 일본의 해상자위대 제3호위대군에 발사를 하는 것은 사실 실수 내지는 불필요한 일에 불과하겠지만, 현무—6라면 이야기가 달랐다.

비록 현무—6가 중거리탄도미사일에 해당이 되고 최대 사거리가 1,300㎞이기는 하지만, 더 짧은 거리도 문제없이 타격 가능한 탄도미사일이었다.

물론 일본의 해상자위대 제3호위대군의 군함 숫자를 생각하면 많은 숫자의 대함미사일이 필요하지만, 현무—6 미사일의 최대 장점인 다탄두 탑재 미사일이라는 점 덕분에 단 한 발만으로도 여러 목표를 타격할 수 있었다.

그래서 봉황 1호에 탑재된 여러 가지 미사일 중 현무—6 미사일을 선택해 발사한 것이다.

발사된 현무—6 미사일은 100㎞ 정도 날아가다 1단 로켓을 덮고 있던 페어링 부분이 분리가 되고, 그렇게 10㎞ 정도 날아가다 1단 로켓이 분리가 되면서 1단 로켓 안에 있던 여러 개의 탄두들이 분리가 되면서 퍼져 나갔다.

그렇게 하나의 미사일이 한순간에 여러 발의 작은 미

사일로 변하는 모습이 실시간으로 중계되었다.

그 모습을 지켜보던 많은 사람들은 큰 충격을 받았다.

아니, 미사일에 관해 잘 알지 못하는 사람들은 이를 그저 할리우드의 영상 중 하나쯤이라 치부하고 넘길 수도 있었지만, 군과 관계된 혹은 무기에 관심이 많은 마니아들은 달랐다.

그도 그럴 것이, 영화와 현실은 다르다는 것을 잘 알고 있었기 때문이다.

그런데 현무—6 미사일은 과장된 영화를 현실로 재현해 보여 주고 있었다.

분리된 자(子) 미사일은 그 형태가 스크램제트 엔진을 가진 극초음속 미사일의 형태를 띠고 있어 관계자들을 놀라게 하기에 충분했다.

일명 게임 체인저로 불리는 극초음속 무기가 실전에 투입되는 모습을 보게 되었으니, 그 충격은 이루 말할 수 없는 것이었다.

극초음속 미사일의 선두 주자인 러시아나, 중국, 미국 등의 개발 영상이나 실험 영상은 충분히 알려져 있기는 했지만, 실전에서의 성능이 공개된 것은 아니었다.

하지만 지금 대한민국은 어떤 자신감의 발호인지는 모르겠지만, 극초음속 무기를 실전에서 드러냈다.

이전까진 개발을 한다고만 했지 그 개발 과정을 담은 영상이나 실험 발사 영상은 한번도 공개한 적이 없었고, 세계 군사력 순위 3위의 중국과 전쟁을 치르는 와중에도 개발한다던 극초음속 무기는 일절 그 모습을 보이지 않았다.

그런데 지금 일본과의 전쟁에서 그 모습을 드러낸 것이다.

*   *   *

소리는 들리지 않았다.

동해 상공에 떠 있던 인공위성이 아래를 내려다보는 형태로 영상을 촬영하고 있기에 소리는 전혀 들리지 않고 영상만이 송출이 되고 있었기 때문이다.

DDH—181 휴우가가 상판에 미사일을 맞고 침몰하고 있었다.

또한 일본 해상자위대 제3호위대군 제3호위대의 방공을 책임지며 일본의 이지스 구축함 중 아타고급 이지스 구축함의 1번함인 DDG—177 아타고가 제 기능도 하지 못하고 미사일에 피격되는 모습도 확인되었다.

거기다 제3호위대군에 제3호위대와 함께하는 제7호위대의 기함이자, 일본의 최초 이지스 구축함인 공고급

이지스 구축함 3번함인 이지스 구축함 DDG—175 묘코도 피격이 되어 선수가 기울고 있었다.

대한민국 우주군 산하 KACG—001 봉황 1호에서 발사된 현무—6 미사일은 그렇게 해상자위대 제3호위대군의 주요 표적이자, 대공방어에 특화된 이지스 레이더를 탑재한 구축함과 기함을 모두 명중시켜 침몰 내지는 대파시켜 전투 불능에 빠뜨렸다.

뿐만 아니라 현무—6 미사일 공격이 끝나기 무섭게 제3호위대군의 머리 위로 대한민국 해군에 인도된 주몽급 전투순양함에서 발사된 강철 비가 쏟아지기 시작했다.

그리고 그러한 모습은 여과 없이 인공위성을 통해 또 방송국의 안테나를 통해 전 세계로 송출이 되었다.

대한민국 정부는 영상을 통해 중국과의 전쟁에서 보여 주지 못한 압도적인 대한민국 국군의 전투력을 선보였다.

이는 혹시라도 일본처럼 대한민국을 오판하여 도발하려는 이들에게 경고하기 위함이었다.

그리고 그러한 목표에는 세계 최강 미국이 있고, 또 가까이에는 얼마 전까지 전쟁을 벌인 중국 공산당이 있다.

거기다 한때 대한민국보다 잘 살았고 대한민국이 어

려울 때 선심 쓰듯 도움을 주기도 했지만, 시간이 흐르자 일본의 편에 서서 한국을 질투하던 대만이 있었다.

여기서 동맹이자 세계 최강인 미국이나, 한국의 무기를 라이선스 생산하고 한중 전쟁에 도움을 준 대만이 왜 언급이 되나 의아해할 수도 있지만, 국제 관계란 보이는 것과 속은 달랐다.

어제의 적이 오늘의 동지가 될 수도 있고, 또 그와 반대로 어제의 동맹이 오늘은 적이 될 수도 있는 것이 국제 관계였다.

실제로 광둥성과 푸젠성을 확보하면서 영토가 확대되고, 본토에 기반을 마련한 대만인들 속에서 이상기류가 흘러나오는 것은 어쩌면 당연했다.

얼마 전까지만 해도 중국이 언제 쳐들어올지 전전긍긍하던 대만인들은 중국 공산당이 한국과 전쟁을 하느라 정신이 없을 때, 빈집 털이를 함으로써 거대한 광둥성과 푸젠성을 점령했다.

아니, 정확하게는 푸젠성 하나였지만, 용병을 써서 광둥성을 확보한 홍콩 민주연대에게 동맹 제의를 받고 그것이 이득이라는 것을 깨달은 대만 정부가 이를 받아들이면서 대만은 몇 배에 해당하는 영토를 확보하게 되었다.

그런 내면에는 한국 정부의 도움이 많이 작용했지만,

언제나 그렇듯 갑자기 부자가 된 졸부들은 자신들이 잘 나서 이룩했다 생각하는 것처럼 대만인들도 마찬가지였다.

스스로의 힘으로 본토의 일부를 점령했다고 판단한 이들은 더욱 큰 야망을 드러내고 발언하고 있었다.

하지만 대한민국 정부는 이런 외부의 움직임을 파악했고, 이번 일본의 도발에 철저히 응징하는 모습을 보여줌으로써 대한민국을 얕잡아 보는 이들에게 본보기를 보이려는 것이었다.

사실 군 내부에서도 중국과의 전쟁에서 너무 소극적으로 대응한 면이 없지 않다는 의견이 있고, 그런 대한민국에 일본처럼 도발을 하려는 이가 없지 않을 거란 의견도 있었다.

확실히 한중 전쟁 당시에 KACG(공중순양함)나, KAFF(공중호위함) 등의 다양한 신무기들이 실전에 투입이 되면서 많은 사람들을 놀라게 한 것은 사실이다.

하지만 한중 전쟁은 생각보다 치열하거나, 충격적인 모습은 그렇게 많이 등장하지 않았다.

그도 그럴 것이, 우수한 무기와 전투 체계를 가지고 너무도 손쉽게, 아니, 일방적으로 한국군이 중국 인민해방군을 압도했기에 놀라움은 있을지언정 충격적이진 않아 공포를 느끼진 않았다.

그래서 일본의 위정자들이 대한민국을 상대로 전쟁을 벌이려는 무도한 선택을 할 수 있던 것이다.

그렇지만 이제는 아니었다.

전쟁에 있어서 절대로 방심하지 않고 느슨하지 않은 대한민국 국군은 일본의 전쟁 도발 정보를 사전에 입수하여 철저한 준비를 마쳤다.

그리고 일본이 이런 일을 벌일 수 있는 배경이 무엇인지 깨닫고는 제2의 일본과 같은 이들이 나타나지 않게 하기 위해 제대로 전쟁의 공포와 참혹함이 무엇인지 저들에게 보여 주기로 하였다.

그 본보기로 일본이 자랑하는 해상자위대, 그중에서 최정예로 구성이 되었으며 매번 한국과의 관계에 앞장선 제3호위대군이 선정이 되었다.

그 결과가 지금 보는 바와 같았다.

봉황 1호에서 발사된 단 한 발의 미사일에 의해 대공 방어가 가능한 이지스 레이더 체계가 무너졌다.

무적의 방패라 불리던 이지스 전투 체계가 현무—6 미사일 한 발에 의해 무너진 것이다.

또한 대한민국 해군의 최신형 군함인 주몽급 전투순양함 세 척에서 발사한 함포로 인해 현무—6의 공격에서 살아남은 제3호위대군과 그를 보조하기 위해 합류한 일본의 지방대 호위함들이 지금 동해 바다에 수장되고 있었다.

'좋아! 완벽해!'

TV를 통해 현재 동해에서 벌어지고 있는 대한민국 국군과 일본 해상자위대 제3호위대군 함대 간의 전투 상황을 지켜보던 수호는 입가에 차가운 미소를 지으며 생각했다.

이보다 완벽할 수가 없었다.

자신이 세운 시나리오의 첫 장이 오점 하나 없이 완벽하게 재현이 되고 있는 모습을 지켜보던 그의 머릿속에는 그다음 시나리오가 떠올랐다.

수호는 일본이 대한민국을 상대로 전쟁을 벌이려고 하고 있다는 보고를 받자마자 바로 이러한 계획을 세웠다.

중국뿐만 아니라 한반도에는 갚아 주어야 할 빚이 있는 곳이 한 곳 있었다.

그곳은 바로 일본이었다.

오래전부터 한민족이 살아오던 한반도에 중국의 고대 왕국들뿐만 아니라 일본도 마찬가지로 온갖 해악을 끼쳐 왔다.

많은 문물을 한반도로부터 받아들여 발전을 했으면서도 일본에 세워진 고대 왕국들은 한반도에 침략을 하거나, 왜구들을 보내 노략질을 일삼았다.

특히나 임진왜란 당시 일본은 조선인들의 코와 귀를 잘라 가 그것들을 자랑하며 지금까지 코무덤이니, 귀무덤이니 하면서 기록으로 남겨 두었다.

그러한 모습들을 보고 자란 일본인들은 한국인들을 얕잡아 보며 오래전 자신들의 과오를 자랑처럼 여기고 있었다.

이런 일본인들에게 한국인의 무서움을 절실하게 느끼게 해 줘야 한다는 것이 수호의 생각이었다.

그리고 이런 수호의 생각에 집사와도 같은 슬레인은 당연히 동조를 했고 함께 계획을 세웠다.

'일단 일본의 전력을 절반 이하로 낮추고……'

제3호위대군의 전멸하는 모습을 지켜보던 수호의 계획은 아직 끝나지 않았다.

해상자위대에 이어 일본이 자랑하는 항공자위대 또한 타격 목표였다.

그리고 지금 제3호위대군이 봉황 1호와 주몽급 전투순양함의 함포 공격에 격멸이 되고 있는 그 시각, 후쿠오카 상공에서는 총리의 총력전 지시에 출동을 한 항공자위대 서부항공방면대 소속 제5항공단과 제8항공단, 그리고 중부항공방면대 소속 제7항공단의 전투기들이 격추되고 있었다.

수조 엔을 들여 최신 사양으로 개량한 F—15JSI 전투기들이었지만, 보이지 않는 곳에서 날아든 공격에 속수무책으로 격추가 되었다.

그렇게 동해에서는 일본을 방위하는 호위대군 중 하나인 제3호위대군과 이를 보조하는 지방대 전력이 괴멸되고 있었고, 일본 서부 후쿠오카 상공에서는 일본이 자랑하는 항공자위대 서부항공방면대 항공단과 중부항공방면대 항공단의 절반인 제7항공단에 속한 전투기들이 속속들이 떨어지고 있었다.

하지만 이도 수호가 계획한 것에 절반의 피해뿐이란 것을 일본인들은 알지 못했다.

수호가 계획한 바는 해상자위대의 전력 중 호위대군 두 개의 전력을 괴멸시키는 것과 항공자위대 중 절반에 달하는 항공단을 전멸시키는 것이었다.

물론 수호가 인간을 초월한 지성과 신체 능력을 가지고서 초인공지능인 슬레인과 계획을 세웠다고는 하지만, 앞으로의 전쟁이 어떻게 될지는 예측하기 힘들었다.

당연히 많은 변수를 생각해 계획을 세운 것도 맞다.

그리고 한국과 일본의 전쟁에 미국이 개입하지 않겠다고 선언을 하기는 했지만, 그것도 모르는 일이었다.

한국에 부정적인 성향을 가지고 있던 존 바이드 대통령이 지병으로 인해 업무가 중지되어 부통령인 제레미 라이스가 업무를 이어 가고 있다고는 하지만, 미국은 자국에 이익이 된다면 어떤 짓도 할 수 있는 나라이지 않은가.

미친 척하고 일본을 돕기 위해 나설 수도 있었다.

그러니 놓치지 않고 감시를 하면서 보다 철저하게 일본을 징치하여 미국의 개입을 막아야 했다.

또 자만하는 대만, 내전 중인 중국 공산당에도 경고를 하는 차원에서 보다 철저히 일본이 당하는 모습을 보여 주어야 했다.

수호는 이참에 일본을 2차 세계대전 직후 정도로 만들 생각이었다.

다만, 그때와 다른 것이라면 당시 일본은 미국에 히로시마와 나가사키에 원자폭탄을 맞고 폐허가 되었지만, 현대에서는 아무리 전쟁 상황이라지만 전쟁과 상관없는 민간 지역에 대한 공격은 지탄을 받기에 민간에 대한 공격은 하지 않을 참이었다.

하지만 전쟁을 일으킨 일본 정치인들을 가만히 두고만 있는 일본인들도 이번 전쟁에 대한 일말의 책임이 있다 생각하기에, 보상을 철저히 받아 낼 생각이었다.

2. 일본의 미래는 오래전부터 결정되어 있었다

청와대 지하 벙커

대한민국 국군통수권자인 대통령은 물론이고 국정 운영의 필두인 각부 장관들, 그리고 이번 전쟁을 이끌어가고 있는 군 지휘관들까지 모여 있었다.

"허허, 역시 명불허전입니다."

현재 일본과 전쟁을 하는 중임에도 벙커 안 분위기는 무척이나 평온하였다.

그도 그럴 것이, 현재 일본과의 전쟁은 전쟁이라 부르기 뭐할 정도로 일방적으로 흘러가고 있었기 때문이다.

이는 얼마 전에 승전으로 끝난 한중 전쟁보다도 더 쉬워 이를 지켜보는 각부 장관들이나, 군사령관들의 표정 또한 별반 다르지 않았다.

"그렇습니다. 전쟁을 하려면 이렇게 우리 편이 일방적으로 이겨야 제맛이죠."

조금은 저렴한 듯한 대화였지만, 이곳에 모인 모든 이들의 생각 또한 크게 다르지 않았다.

"그런데 조금 염려되는 것도 사실입니다."

국무총리인 이신형은 조금은 걱정스러운 표정으로 이야기를 꺼냈다.

"그건 무슨 소립니까?"

이야기를 듣던 정동영 대통령이 조심스럽게 물었다.

좋은 분위기에 맞지 않는 우려 섞인 이신형 총리의 발언에 진지하게 질문을 한 것이다.

그런 대통령의 물음에 이신형 총리는 자신의 생각을 설명하였다.

너무도 일방적으로 흘러가는 교전으로 인해 혹시나 미국의 심기를 거스르는 것은 아닌가 하는 이야기였다.

"미국이 이번 일본과의 전쟁에 관여하지 않겠다고는 했지만, 이렇게 일방적으로 흘러가면……."

"아, 무슨 이야긴지 알 것 같습니다. 하지만 그건 너무 걱정하지 않아도 될 거 같습니다."

정동영 대통령은 이신형 총리의 생각을 듣고 걱정할
것 없다는 대답을 하였다.

　사실 이번 일본과의 전쟁이 있기 전, SH 그룹으로부
터 일본의 계획을 전해 듣고 미국 정부와 이야기를 나
누었다.

　아니, SH 그룹 회장인 수호와 많은 이야기를 하고 그
결과를 가지고 미국 정부와 비밀 협상을 벌였다.

　계속해서 실정을 하는 일본 정부를 대신해 동북아에
서 일본이 하던 일을 대한민국이 맡겠다는 이야기에 미
국 정부도 받아들였다.

　그렇지 않아도 미국 정부는 날로 커지는 중국을 견제
하기 위해 많은 노력을 해 왔다.

　그에 반해 일본은 겉으로는 자신들을 따르는 듯하면
서도 뒤로는 자신들 몰래 중국과 거래를 하고 있었다.

　중국뿐만 아니라 러시아에도 정밀가공 기술을 몰래
넘겨주기도 했다.

　실제로 그 우려대로 2010년대 중반, 중국과 러시아는
기존 미국과의 전력 격차를 줄이는 획기적인 무기를 개
발해 냈다.

　그것은 바로 극초음속 무기였다.

　마하5를 초과하는 엄청난 속도를 자랑하는 극초음속
무기는 그동안 미국이 구축한 MD 체계를 무너뜨리는

무기로, 미국 입장에선 동맹 중 하나가 적국이라 할 수 있는 중국과 러시아에 기술을 제공해 아직 미국도 가지 못한 무기를 완성하는데 일조를 한 일이라 억장이 무너지는 듯한 충격을 받았다.

그 때문에 부랴부랴 이것을 막기 위해 이스라엘을 지원하여 미사일 방어 체계를 완성했다.

그것이 바로 이스라엘이 자랑하는 아이언 돔 시스템이다.

하지만 아이언 돔 시스템도 사실 극초음속 미사일을 막아 낼 수 있다고 장담할 수 있는 방어 체계가 아니었다.

그도 그럴 것이, 아이언 돔 시스템에서 사용되는 대공방어 미사일은 초음속 미사일인데 반해, 중국과 러시아가 개발한 것은 극초음속이기 때문이다.

그 때문에 미국은 이란의 탄도미사일까지 방어하는데 성공한 대한민국의 스카이넷 요격 시스템을 눈독 들이고 있었다.

이러한 때에 한국 정부가 자신들을 찾아와 극비 협상을 하자고 하니, 정말이지 불감청 고소원이었다.

속으로 무척이나 원하고 있지만 말을 하지 못하고 있었는데, 상대가 먼저 그러한 여지를 주니 미국의 입장에서 당연히 환영할 만한 이야기였다.

뿐만 아니라 한국이 일본을 대신해 동북아에서 그 역할까지 해 주겠다고 하니 이보다 좋을 수가 없었다.

비록 한국에 의해 중국의 기세가 꺾였다고는 하지만, 중국의 크기나 인구를 생각하면 아직도 그 잠재력을 무시할 수 없었다.

그보다 우려되는 것은 중국인들의 사상이었다.

염치를 모르는 중국인들, 그들은 공평한 게임을 하는 사람들이 아니었다.

자신들이 필요하다면 온갖 불법을 자행하고, 반대로 자신들과 거래를 하는 이들에게 기울어진 운동장을 제공하는 것을 마다하지 않는 파렴치한들이었다.

그렇기에 미국을 위해서도 중국의 성장은 결코 바람직하지 않았다.

한 가지 우려되는 점은 한국이 러시아와 생각보다 가깝다는 것이다.

그렇지만 미국은 이런 한국의 제안을 받아들였다.

속내를 알기 힘든 일본보단 그나마 한국은 겉과 속이 같은 이들이었기에 미국 입장에선 상대하기가 편했다.

뿐만 아니라 아직도 미국은 한국인들에게 혈맹이고, 맹방이라 불리지 않은가.

그래서 비밀 협상은 한국과 미국, 양국에 만족스럽게 타결이 되었다.

그리고 처음으로 이러한 이야기를 듣는 이신형 총리나, 각부 장관들은 대통령의 이야기에 깜짝 놀랐다.

'설마 이야기가 거기까지 진행이 되었던가?'

대통령의 설명을 들은 장관과 총리는 자신들이 알지 못하는 사이, 미국과 그 정도로 이야기가 진행된 것에 놀라지 않을 수 없었다.

이는 군사령관들 또한 마찬가지였다.

사실 그들도 대통령의 허가 아래 한반도를 향해 몰려오는 일본의 자위대를 괴멸시키기 위해 전략무기인 공중순양함과 공중호위함, 그리고 최신의 전투순양함까지 동원하고 있기는 했지만, 이런 내막까지 있을 거라고는 예상치 못했다.

"그러니 걱정하지 말고 일본이 우리를 위협하기 위해 전력을 동원한다면, 결코 좌시하지 말고 전멸시키기 바랍니다."

정동영 대통령은 이야기를 하던 중 고개를 돌려 군사령관들을 쳐다보며 그렇게 선언 아닌 선언을 하였다.

"알겠습니다. 명령대로 하겠습니다."

대통령의 이야기가 끝나고 벙커 안에는 훈풍이 돌았다.

그도 그럴 것이, 더 이상 동북아, 아니, 지구상에서 대한민국을 위협할 만한 나라가 없다고 판단이 되었기

울트라 코리아

때문이다.

세계 군사력 순위 3위인 중국과 전쟁을 치르면서 대한민국이 개발한 MD 체계가 얼마나 완벽한지 알았고, 또 그것의 활용도가 단순히 미사일 방어에만 사용되는 것이 아니라 미사일 캐리어로 활용할 수도 있다는 것을 이번 일본과의 전쟁에서 깨달았다.

거기다 세계 최강 미국도 자신들의 이 미사일 방어 체계를 원하고 있기에 이전처럼 미국을 어려워해야 할 필요도 없었고, 동등한 관계로 협상을 할 수 있게 되었다.

미국은 앞으로의 관계를 위해 그동안 영국이나, 이스라엘과 같은 동맹국의 위치에 있던 일본을 내치고 그 위치에 대한민국을 올렸다.

그것도 기존의 최우방 중에서 가장 앞선 자리에 말이다.

그렇기에 정동영 대통령은 입가에 미소를 띠며 동해에서 치러지고 있는 전쟁을 편안하게 지켜볼 수 있었다.

같은 시각, 미국 워싱턴 D.C에서도 비슷한 회의가 열리는 중이었다.

*   *   *

동맹인 한국과 일본이 전쟁을 시작했다.

선공을 한 것은 한국이지만, 원인 제공을 하고 먼저 선을 넘은 것은 일본이었다.

사실 미국은 이번 전쟁을 원하지 않았기에 원활한 관계 개선을 위해 양국에 특사를 보내 협상을 벌였다.

하지만 결과는 만족스럽지 못했다.

이것이 겉으로 알려진 내용이었다.

그렇지만 지금 벌어지고 있는 회의 내용은 그것을 완전히 뒤집고 있었다.

"아니, 그게 정말입니까?"

리차드 딕슨 국방 차관은 눈을 동그랗게 뜨며 물었다.

사실 그는 한국이 중국과의 전쟁에서 승전을 하기는 했지만, 일본과 전쟁을 벌인다면 심각한 타격을 입고 패전을 면치 못할 것이라 예상했다.

그리고 그가 이런 판단을 하는 데에는 일본 정부가 그런 것처럼 전쟁을 수행할 물자의 부족을 꼽았다.

중국과의 전쟁 전, 한국 정부는 비밀리에 미국을 찾아와 대량의 예비 물자를 구매해 갔다.

그것도 비싼 값을 치르고 말이다.

그러하였기에 딕슨 차관은 한국이 중국과의 전쟁에서

기존에 보유하고 있던 군수물자는 물론이고, 자신들에게서 구매한 물자까지 거의 대부분 소모했을 것이라 판단했다.

그에 반해 일본의 경우 비축 물자가 풍부했고, 더욱이 무기의 성능 또한 무척이나 우수했기에 일본이 우세할 것으로 보았다.

하지만 뚜껑을 열고 보니 그의 예상은 보기 좋게 빗나갔다.

뿐만 아니라 부통령인 제레미 라이스의 이야기를 듣고 보니, 자신들이 얻는 것이 상상 그 이상이어서 깜짝 놀랐다.

다만, 제일 우선순위의 동맹인 일본을 쳐 내는 것에 대한 도덕적 비난을 피할 수는 없지만, 그런 건 상관이 없었다.

"그런데 그것만으로 한국이 우리의 요구를 들어주겠습니까?"

다른 사람들도 모두 같은 생각을 하고 있었지만, 누가 먼저 이 말을 꺼낼 것인지 눈치를 보고 있었다.

그런데 딕슨 차관이 먼저 이를 언급하였다.

"더 이상 한국은 이전의 한국이 아님을 모두 아실 겁니다."

제레미 라이스 부통령은 회의실에 모인 사람들을 둘

러보며 입을 열었다.

"우리를 무섭게 따라오며 위협을 하던 중국과의 전쟁에서도 승리를 한 나라가 바로 일본보다 낮게 평가받던 한국입니다."

그는 목소리를 깔며 이야기를 했다.

"한국은 2000년을 넘어서면서 더 이상 우리의 지원을 받던 개발도상국이 아니라, 경제는 물론이고 군사력까지 손에 꼽을 정도로 발전한 나라가 되었습니다."

제레미 라이스 부통령의 이야기가 계속될수록 가만히 듣고 있던 각부의 장차관들은 눈을 반짝였다.

그리고 조금 전 라이스 부통령이 한 말을 곱씹어 보았다.

'그렇지, 한국은 원조를 받던 국가에서 원조를 해 주는 나라가 되었어.'

'식민지에서 해방된 나라들 중 유일하게 선진국이 된 나라가 바로 한국이야.'

미국의 장차관들은 그동안 마음 한구석에 있던 차별을 거두어들이자 동맹인 한국에 대해 제대로 보이기 시작했다.

"이번 한국과 일본의 전쟁에서 우리는 철저히 중립의 입장에서 결과를 보고 승자의 편에 설 겁니다."

이번 선언은 사실상 한국의 편을 들겠다는 것이나 다

름이 없었다.

그도 그럴 것이, 조금 전 TV를 통해 지켜본 동해에서의 한국과 일본 해상자위대 간의 전투 상황은 일방적인 한국의 승리로 보였기 때문이다.

이는 결과를 보지 않아도 알 수 있었다.

한국군에서 발사한 미사일과 함포사격은 정확하게 일본 해상자위대 함대에 떨어지는 반면, 적이 어디에 있는지도 모르고 발사하는 일본 해상자위대의 대함미사일은 고개를 박고 럭키 샷을 원하는 겁쟁이의 발악으로밖에 보이지 않았다.

그러니 이미 전쟁의 승패는 결정된 것이나 다름이 없는 상황이었다.

그런데 이런 미국의 결정에 쐐기를 박는 장면이 TV에서 송출이 되었다.

TV에서는 동해에서의 교전이 아닌 일본 서부 후쿠오카 상공에서 속수무책으로 격추되고 있는 일본 항공자위대 전투기들의 모습이 나오고 있었다.

"저, 저……."

누군가 그 장면을 보고 소리를 질렀다.

"뭐, 뭐야?"

누군가 그 소리에 깜짝 놀라 그를 쳐다보며 물었다.

이에 처음 비명과 같던 소리를 지른 사람은 아무런

말도 하지 않고 손가락으로 TV를 가리켰다.

그러자 사람들은 조용히 그가 가리킨 TV를 쳐다보았고, 그들도 깜짝 놀랄 수밖에 없었다.

[보시는 바와 같이 현재 극동 아시아의 강국인 한국과 일본이 전쟁을 하고 있는 상황입니다. 동해에서 벌어진 전투가 일방적인 한국군의 승리가 점쳐지고 있는 상황에서 또 다른 곳인 이곳, 일본 규슈후쿠오카 상공에서는 공중전이 발생을 했는데… 한국의 전투기는 보이지 않고 있지만, 일본 항공자위대 소속 F—15JSI 전투기들이 격추가 되고 있습니다.]

한국에서 송출되고 있는 영상을 넘겨받은 앵커가 전쟁 상황을 설명하고 있었는데, 참으로 가관이 아닐 수 없었다.

국가 간의 전쟁이라 보기 민망할 정도로 상황은 너무도 일방적으로 흘러가고 있었다.

이 전쟁이 세계 군사력 순위 5위와 6위의 전쟁이 맞는 건지 의심이 들 정도였으니까.

일본이 무기력하게 보일 정도로 일방적으로 맞고 있는 모습을 보며 미국의 장관과 차관들은 할 말을 잃었다.

'우리가 그동안 알고 있다 생각하던 것들이 정말로

모두 옳은 것일까?'

도무지 상식적이지 않은 전쟁 상황을 보면서 이들은 자신의 판단이 맞는지 신뢰할 수가 없었다.

그리고 그런 사람들 중 가장 심각한 표정을 짓고 있는 사람은 미국의 대외 정보를 책임지고 있는 CIA의 국장 조나단 샌더슨이었다.

자신들이 알지 못하는 것은 세상 어느 누구도 알지 못한다고 자신하던 샌더슨의 자신감은 TV를 보면서 새벽녘 안개가 일출과 함께 사라지는 것처럼 흩어져 사라졌다.

한편 회의실 안에 있는 이들의 수시로 바뀌는 표정을 본 제레미 라이스 부통령은 속으로 생각했다.

'미리 협상을 한 건 정말이지 신의 한 수야.'

그의 머릿속에는 한국과 일본이 전쟁을 벌이기 며칠 전에 찾아온 한국 특사의 말이 떠오르고 있었다.

[그동안 일본이 하던 것을 우리가 대신할 테니, 자위대를 해체시키고 우리 대한민국과 함께 일본을 통제하는 것이 어떻겠습니까?]

*　　　　*　　　　*

정동영 대통령은 일본과의 전쟁이 일어나기 전에 비

공식적인 일정으로 강화도를 찾았다.

대통령이 이곳 강화도를 찾은 이유는 바로 SH 그룹의 회장인 정수호 회장이 찾았기 때문이다.

원칙대로라면 이런 일은 있을 수 없었지만, 수호가 그동안 국가를 위해 해 준 일이나 업적들을 생각하면 들어주지 않을 수가 없었다.

막말로 SH 그룹에서 사 준 차관만 해도 대한민국 한 해 예산의 절반에 해당하는 300조에 달했으니까.

또 SH 그룹이 산 국채 말고도 수호 개인의 자금으로 구매한 것만 150조 원이었다.

아무튼 이곳 강화도에는 강원도 양양에 있는 SH인더스트리 말고도 SH항공 연구소가 있어 대통령을 이곳으로 부른 것이었다.

"이런 곳도 있었군?"

정동영 대통령은 신기한 것을 본 어린아이처럼 강화도에 있는 SH항공 연구소의 내부 시설을 보며 눈을 반짝였다.

원래 SH항공의 연구 시설은 청주에 위치해 있었으나, 규모가 커지다 보니 자체 항공 연구소를 이곳 강화도로 확장 이전하였다.

"대통령님, 저것 좀 보십시오."

무엇을 발견했는지 비서실장이 대통령을 부르며 어딘

가를 가리켰다.

"어!"

너무도 급히 부르는 비서실장의 소리에 그가 가리키는 곳으로 고개를 돌리던 정동영 대통령은 그것을 확인하고는 깜짝 놀랐다.

그곳에는 커다란 비행선 모형이 설치되어 있었기 때문이다.

그런데 지금까지 한 번도 보지 못한 형태의 비행선이었다.

'공중순양함이나, 공중호위함의 다음 모델인가?'

대통령도 우주군에 공중순양함이 정식으로 인도될 때 참석을 하였기에 외형을 잘 알고 있었다.

하지만 지금 보는 비행선은 지금까지 전혀 보고되지 않았다.

'저것 때문에 오늘 보자고 한 것인가?'

사실 이곳까지 오면서 정동영은 무엇 때문에 자신 이상으로 바쁜 정수호 회장이 이곳으로 부른 것인지 의아해했다.

물론 대통령인 자신을 이곳으로 부른 것에 대해 조금 언짢은 감정도 약간 있었다.

그렇지만 좋은 것이 좋은 거라고, 지금까지 정수호 회장이 자신이나 국가에 해 준 일들을 생각해 시간을 내서 찾아왔다.

얼마 전 승전으로 끝난 중국과의 전쟁이나, 한반도의 통일, 승전의 보상으로 얻은 넓은 영토의 정비로 정신이 없는 중임을 잘 알면서도 부른 것이 분명 무언가 중요한 일이 있다고 생각했다.

그런데 지금 눈앞에 특이한 형태의 비행선 모형이 눈에 들어오자, 이것 때문이라는 생각이 들었다.

'정 회장이 청탁을 하려는 건가?'

몇 배로 늘어난 국토를 수호하기 위해선 지금 이상의 전력이 필요한 것은 사실이었다.

하지만 개발해야 할 곳이 원체 많다 보니 항상 돈이 부족했다.

SH 그룹으로부터 채권을 팔아 예산을 확보하긴 했지만, 돈은 아무리 많아도 부족한 것이 사실이었다.

그 문제만 생각하면 순간 가슴이 답답해 왔다.

"혹시 이것 때문에 우릴 부른 것일까?"

대통령은 순간 머릿속에서 하던 생각을 입 밖에 꺼냈다.

이는 조금 전 자신의 시선을 끈 비서실장에게 물어보는 것은 아니었지만, 이를 모르는 비서실장은 조심스럽게 대답을 하였다.

"청탁을 하기 위해 부른 것은 아닐 것입니다."

"응? 그렇게 생각하는 이유라도 있나?"

정동영 대통령이 비서실장을 돌아보며 물었다.

그런 대통령의 질문에 최규하 비서실장은 자신이 그런 판단을 한 근거를 대통령에게 설명해 주었다.

"지금 보고 있는 비행선 모형의 형태를 보면, 기존 미사일 방어 체계의 구성인 공중순양함이나, 공중호위함의 형태와 비슷하지만 다릅니다."

최규하 비서실장은 비행선의 외형을 보며 계속해서 말을 이었다.

"비행선 상부에 활주로가 있는 것으로 보아, 아무래도 항모처럼 내부에 전투기나 비행기를 수납했다가 활용하는 형태의 것으로 추정이 됩니다."

"아!"

자세히 보니 비서실장의 설명처럼 비행선 상부에 있는 활주로가 눈에 들어왔다.

그리고 활주로 끝에는 비행기 엘리베이터로 보이는 사각형의 모양이 있었다.

그것을 확인한 대통령이 저도 모르게 탄성을 지른 것이었다.

"아무래도 정수호 회장은 북한이 중국의 사주를 받아 도발을 하려고 하던 이전부터 이런 것들을 예상하고 준비를 한 것 같습니다."

"음, 그럴 수도 있겠군요."

최규하 비서실장은 결코 이런 준비가 단시간에 이룩된 것이 아니란 판단을 하였다.

한국에 맞는 한국형 미사일 방어 체계(KKMD)인 스카이넷 시스템만 해도 오랜 연구가 아니라면 만들기 불가능한 시스템이었다.

그런데 SH 그룹의 회장인 정수호는 미사일 방어 체계만이 아니라 더 나아가 국토가 넓어졌을 때까지 상정하여 준비를 하고 있던 것이다.

전투기를 내륙 깊은 곳에서도 비행장 없이 초계할 수 있게 항공모함의 개념을 빌려 내륙 깊이까지 운용할 수 있게 공중항모를 만들었다.

그저 단순한 모형으로 만든 건지, 아니면 실제로 설계까지 이루어지고 있는 건지는 알 수가 없지만, 그것만으로도 이곳에 온 것은 성공적이라 할 수 있다고 생각했다.

"허허!"

비서실장의 설명에 정동영 대통령은 많은 깨달음을 얻었다.

자신은 주어진 상황에 대해 고민하고 있는데, 누군가는 그것을 넘어 미래를 준비하고 있었다는 사실에 감탄과 존경심이 우러나왔다.

비록 자신보다 나이가 적다고는 하지만, 정수호 회장은 정말이지 존경할 만한 위인이란 생각이 들었다.

그러다 보니 정동영은 처음 수호의 전화를 받았을 때와 마음가짐이 달라졌다.

그렇게 강화도 SH항공 연구소 복도를 걷다 우연히 보게 된 모형 하나로 대통령의 마음은 무장해제가 되었다.

＊　　　＊　　　＊

"그게 정말로 가능하겠습니까?"

너무도 놀란 정동영 대통령이 눈앞에 있는 수호를 보며 소리쳤다.

그리고 그를 단순하게 기업의 오너나, 국가에 큰 도움을 준 애국자 정도로 보기는 힘들겠다고 생각했다.

그도 그럴 것이, 조금 전 수호에게서 일본이 대한민국을 상대로 전쟁 준비를 하고 있다는 이야기를 듣고, 또 그에 대비한 국군의 준비 상태 등 세부적인 계획까지 들은 뒤였다.

사실 미국을 중심으로 한 한미일 삼각동맹의 한 축인 일본이 대한민국을 상대로 전쟁을 벌일까 하는 의문이 들기는 했지만, 지금가지 SH 그룹에서 전달해 준 정보

들은 한 번도 틀리지 않았다.

즉, 신뢰도 100%의 정보라는 소리였다.

어쩌면 중국이 북한을 사주해 남한에 무력 도발을 한다는 것보다 더 신빙성이 떨어지는 정보였지만, 앞과 뒤가 다른 그들을 생각해 보면 100% 그렇지 않다고 대답할 수도 없었다.

국제사회에서 100% 신뢰라는 것은 없었기 때문이다.

특히나 국내 상황이 좋지 않을 때마다 수시로 꺼내는 독도 문제를 생각하면 정말로 일본이 그렇게 해 주었으면 하는 마음이 들기도 했다.

그렇지만 전쟁은 될 수 있으면 일어나지 않는 편이 좋았다.

비록 승전을 하기는 했지만, 중국과의 전쟁에서 한국도 사상자가 나온 것은 사실이었으니까.

중국에 비하면 적은 숫자이지만, 이들 또한 누군가의 아버지였고, 누군가의 자식이었으며, 누군가의 형제였다.

그런 이들이 소수이기는 하지만 죽거나 장애를 가지게 되었다.

이 중 장애 판정을 받아 전역한 유공자들은 SH 그룹에서 기증한 세포 재생 장치, 그리고 인공 신체를 받아 정상적인 생활을 할 수 있게 되었지만, 그래도 장애는 장애였다.

그러니 전쟁은 최대한 막는 것이 좋았다.

"일본은 아마도 저희가 중국과의 전쟁으로 비축 물자를 모두 소비했을 거라 판단해 그런 무도한 계획을 세웠을 겁니다."

"그렇다고 하지만 미국이 이를 승인할까요?"

정동영 대통령은 일본이 벌이려는 전쟁에 대해 부정적으로 생각하며 물었다.

과연 미국의 반대를 무릅쓰고 일본이 전쟁을 감행할지 의문이 든 것이다.

"정상적인 상황이라면 미국의 말을 듣겠지만, 현재 일본은 겉으로 보이는 것과 다르게 그들의 국고는 오래전에 말라 버렸습니다."

"네? 아니, 어떻게……."

"20세기 말 버블 경제 시절 벌어 둔 것을 가지고 지금까지 어떻게 유지해 왔지만, 일본 관료들의 부정부패는 우리의 상상을 초월했습니다."

"허어!"

아무리 부정부패가 만연하다 해도 어떻게 해야 미국을 초월하던 경제 대국 일본이 그 지경이 된 것인지 이해할 수가 없었다.

하지만 막 이해가 가지 않는 것도 아니었다.

생각해 보면 일본이 이 지경까지 간 게 일본인들의 오만 때문일 수도 있겠다는 생각이 들었기 때문이다.

2차 세계대전에 패하고 폐허가 된 일본은 때마침 바로 옆 한반도에서 전쟁이 벌어진 행운으로 경제가 살아났다.

한반도에서 벌어진 전쟁이 단순 남북의 대립으로만 벌어진 전쟁이었다면 경제 대국으로까지 발전하지 못했을 테지만, 미국과 소련을 대표하는 민주 자유 진영과 사회 공산주의의 대립으로 확대가 된 전쟁이어서 2차 세계대전에 버금갈 정도로 첨예하게 대립을 했다.

그러다 보니 소련을 막으려는 미국의 입장에선 한반도를 공산 진영인 소련에 넘겨줄 수가 없었다.

그래서 미국과 연합군은 폐허가 된 일본에 공장을 세우고 병참기지를 일본에 만들었다.

그렇게 성장을 한 일본은 오래전 메이지유신 때에 유신 지사들이 주창하던 정한론을 다시 한번 떠올리게 되면서 현대에 와서도 한반도를 정벌해야 일본이 살아난다고 떠들었다.

그리고 그것을 지금 다시 써먹으려 하고 있었다.

수호는 이 점을 지적하며 앞으로 대비할 것을 이야기했고, 일본과의 전쟁에서 승리하고 난 뒤 일본을 어떻게 처리할 건지 논의하기 위해 대통령을 이곳으로 부른 것이었다.

청와대에서 독대해도 됐지만, 혹여나 미국의 감청에 발각될 위험 때문에 세계에서 도청 위험에서 가장 안전한 이곳으로 대통령을 불러 이야기를 한 거였다.

"일본은 분명 우리가 북한으로부터 확보한 핵무기를 걸고넘어질 겁니다."

"음."

"하지만 그것은 명분을 얻기 위한 핑계에 불과하고, 일본이 원하는 것은 지진이나, 화산 폭발로부터 안심할 수 있는 영토의 확보입니다."

"아!"

안전한 영토 확보란 이야기에 정동영 대통령도 깨닫는 것이 있었다.

최근 빈번하게 발생하고 있는 환태평양, 즉 불의 고리로부터 발생하는 지진과 화산 폭발로 인해 일본은 한 해에도 수십, 수백 번의 지진과 쓰나미로 인해 피해를 받고 있었다.

예전 같았으며 빠르게 피해 복구를 했을 테지만, 국고가 고갈되는 바람에 피해를 입었음에도 조취를 취할 수가 없었다.

일본 국민들은 이러한 사실을 모르기에 일본 정부의 사주를 받은 우익들이 떠드는 것에 현혹이 되어 일본 정부가 아닌 한국 정부에 자신들을 돕지 않는다고 불평을 하고 협박을 해 댔다.

참으로 어처구니없는 일이 아닐 수 없었다.

"중국이 비록 우리와 전쟁을 하면서 그 허실이 드러났다 하지만, 일본 입장에선 아직도 중국은 대국입니다. 그에 반해……."

수호가 길게 설명을 하진 않았지만, 그 뒷말이 무엇인지 정동영 대통령도 충분히 짐작할 수 있었다.

한때는 일본의 지배하에 있던 나라, 미국 이상의 경제 대국으로 불릴 때 그 밑에서 구걸을 하던 나라가 바로 대한민국이지 않은가.

비록 얼마 전 중국과의 전쟁에서 승전을 했다고는 하지만, 그런 건 그들의 머릿속에 들어 있지 않았다.

그저 국토가 갑자기 늘었고, 중국과의 전쟁으로 비축해 둔 물자들을 모두 소비했을 것이란 생각만 가득했다.

그러니 일본으로서는 중국을 상대하는 것보단 한국을 상대로 전쟁을 하는 것이 승산이 있다고 보는 거였다.

비록 북한이 개발한 핵무기가 살짝 걱정되기는 했지만, 그건 미국에게 떠넘기면 된다고 생각하고 있을 것이었다.

이런 일본인들의 사고를 예측했기에 수호는 그것을

이용해 이번 기회에 아예 일본의 자위대까지 치워 버리려는 계획을 세웠다.

"그러니 저는 이번 기회에 일본을 전쟁은 더 이상 생각하지도 못하게 자위대를 완전히 치워 버릴 생각입니다."

"네? 어떻게?"

정동영 대통령이 자위대를 없애 버릴 것이란 수호의 말에 두 눈을 동그랗게 뜨며 물었다.

"현재 일본이 보유한 자위대 전력의 절반을 날려 버리고, 남은 전력은 배상금으로 받을 생각입니다."

"배상금이요? 배상금을 현물로 받겠다는 말입니까?"

정동영 대통령으로서는 도저히 이해가 가지 않았다.

어떻게 전쟁배상금을 현물로 받는다는 말인가.

"아, 그게 아니라 중화연방국에 판매하여 그 판매금을 배상금으로 받을 생각입니다."

"아!"

수호의 설명을 들은 정동영 대통령은 참으로 기발한 생각이라 판단했다.

조금 전 일본의 국고가 고갈되었다고 하여 전쟁에 승전하더라도 전쟁배상금을 어떻게 받을지 걱정되었다.

그런데 자위대가 보유한 군수물자를 중고로 판매하고, 그 판매금을 배상금으로 받는다고 하니 참으로 획

기적인 방법이 아닐 수 없었다.

그렇게 한다면 일본의 자위대를 없애진 못한다고 해도 당분간은 지금의 전력을 갖추기까지 허리띠를 졸라야 할 터이고, 그 사이 대한민국은 지금의 일본을 넘어 미국과 어깨를 견줄 수 있는 국가가 되어 있을 것이란 상상을 하니 정동영 대통령은 절로 입가에 미소가 지어졌다.

"그럼, 절 이곳에 부른 이유가?"

"짐작하신 대로 일본이 우릴 상대로 전쟁을 준비하고 있다는 사실을 알려 드리는 것과 일본의 자위대를 어떻게 할지, 그리고 전쟁배상금을 어떻게 받을지에 대한 이야기를 하기 위해 독대를 요청한 것입니다."

"하하하, 이런 일이라면 언제라도 좋습니다."

나이를 떠나 존경할 만한 인물이라 생각한 정동영 대통령은 호탕하게 웃으며 말했다.

3. 아론 헌트와의 협상

청와대 지하 벙커 회의실에 모인 사람들은 일본의 해상자위대 제3호위대군과 지방함대를 동해에서 괴멸시키는 중계와 일본의 서부 후쿠오카 상공에서 항공자위대 전투비행단들을 격추시키는 모습을 지켜보았다.

　'허허, 이렇게나 압도적이다니…….'

　정동영 대통령은 며칠 전 비밀리에 SH 그룹의 정수호 회장을 만나고 그에게서 들은 이야기와 계획을 떠올렸다.

　사실 그 이야기를 들었을 때 솔직히 가슴이 뛰기는 했지만, 반신반의했다.

아무리 중국과 전쟁에서 승리를 했다고는 하지만, 연이은 전쟁 그것도 대한민국보다 군사력 순위가 한 단계 높은 일본을 상대로 한다는 것이 불안했다.

중국이 일본보다 군사력 순위에서 몇 단계 높은 것은 사실이지만, 중국의 경우와 일본의 경우는 다르다고 생각했기 때문이다.

정동영 대통령이 그런 판단은 한 근거로는 중국의 무기들이 대한민국 국군이 보유한 무기에 비해 수량은 많을지 몰라도 질적인 면에서 한 단계 혹은 두세 단계 떨어졌기 때문이다.

다만, 중국의 핵무기만큼은 두려웠다.

그렇지만 핵무기 외에 다른 재래식 무기만 상대한다면 육지로 연결된 중국과는 한 번 해볼만 하다고 생각했다.

하지만 일본은 중국과 상황이 전혀 다른 나라였다.

육군의 전력은 확실히 한국이 압도적으로 우세했다.

그렇지만 현대의 전쟁은 육군의 군사력보다는 공군력이 향방을 가른다고 할 수 있었다.

그런 공군력에서 대한민국 공군은 일본의 항공자위대에 비해 열세였다.

다만, 공군 전투기 조종사들의 전투비행 시간이나, 임무 자세에선 일본보다 우수했다.

해군력을 보자면 한국 해군이 일본의 해상자위대에 비해 압도적으로 열세라 할 수 있었다.

최근 주몽급 전투순양함 세 척이 배치되었고, 대구급 batch—Ⅲ 호위함과 울산급 batch—Ⅲ 호위함이 세 척씩 배치가 되었다고는 하지만, 일본의 네 개 호위대군과 지방함대 등을 생각하면 해군 전력은 아직도 일본 해상자위대에 밀렸다.

군함의 전투력을 비교하는 것이 아니라 군함의 배수량을 전투력으로 측정하고 있다 보니 벌어진 차이였다.

그런데 막상 뚜껑을 열고 보니 예상과 다르게 걱정할 게 전혀 없었다.

한국형 미사일 방어 체계인 공중순양함과 주몽급 전투순양함의 합동 공격은 이런 배수량 측정법을 무시하고 일본의 호위대군 함대를 괴멸시켰다.

뿐만 아니라 세 척의 공중호위함에서 발사된 공대공미사일로 인해 일본이 자랑하는 F—15JSI 전투기들이 속수무책으로 격추되었다.

그에 반해 일본의 F—15JSI 전투기들이 발사한 공대공미사일은 목표를 맞추지도 못하고 중간에 요격이 되었다.

그도 그럴 것이, 애초에 대한민국 우주군 소속 공중호위함인 대붕함은 미사일 방어 체계의 일환으로 개발된 기체들이었다.

그러다 보니 일본의 F—15JSI 전투기가 발사한 미사일들이 그 임무를 다하지 못하고 중간에 요격된 것이다.

그리고 이러한 모습을 중계 화면으로 지켜보고 있던 정동영 대통령이나, 행정부 요인들은 그 어느 때보다 심장이 빠르게 뛰었다.

이는 아시아 최강이며 세계 군사력 순위 3위이던 중국과의 전쟁에 승리했을 때보다 더했다.

대통령이나, 행정부 장차관들이 이런 심정을 느끼는 것은 전적으로 이들이 한때는 일본의 식민 지배를 받으며 박해를 받은 한민족의 후예이기 때문이다.

그런데 지금은 과거와는 완전히 달랐다.

3류 정치인들은 어느 순간 그 자리를 보존하지 못하고 퇴출되었다.

뿐만 아니라 주변 강대국의 눈치를 보던 대한민국은 어느새 동북아의 강자로 우뚝 솟은 것은 물론이고, 세계 어느 나라보다 우수한 미사일 방어 체계를 완성해 국민의 재산과 안녕을 책임지는 나라가 되었다.

거기다 문화적으로도 대유행을 시키며 많은 외국인들이 한 번이라도 대한민국을 방문해 보고 싶다고 할 정도였다.

그러던 차에 그동안 대한민국을 한 수 아래로 보고 있던 중국과 일본에 제대로 대한민국의 무서움을 보여주고 있었다.

'됐어.'

수십 년간 가슴을 누르던 응어리가 풀리는 것만 같았다.

TV에서 일본의 전투기가 한 기, 한 기 격추될 때마다 속이 뻥 뚫렸다.

"저걸 보니 일본과의 전쟁도 걱정하지 않아도 될 것 같군."

정동영 대통령은 전쟁 상황 송출이 끝나자 그렇게 말을 꺼냈다.

"그런 것 같습니다. 우리 국군이 중국에 이어 일본까지……."

말을 다 잊지 못했지만, 이신형 국무총리의 말은 조용히 듣고 있는 사람들을 흥분시키는 무언가가 있었다.

"세계 군사력 순위 3위라던 중국과 우리보다 한 단계 높은 일본을 꺾었으니, 최소 아시아에서는 우리 대한민국을 위협할 나라는 없다고 봐도 무방하겠습니다."

"맞습니다. 3위와 5위를 꺾은 것이나 다름이 없으니, 우리 대한민국이 3위가 아니겠습니까?"

군사력 순위에서 1위와 2위가 있기는 하지만, 1위인

미국은 대한민국의 우방이며 이번 전쟁에서 사실상 대한민국의 편을 들어준 것이나 다름이 없지 않은가.

2위인 러시아의 경우 공산국가이기는 하지만, 이전 같은 공산국가인 중국과 전쟁을 할 때도 가장 먼저 대한민국을 지지한 나라였다.

그러니 사실 대한민국을 위협할 나라는 없다고 봐도 무방했다.

"그러니 이제는 일본으로부터 받아 내야 할 전쟁배상금을 계산해 보는 것이 어떻겠습니까?"

정동영 대통령은 사전에 수호와 이야기를 나누면서 계획한 것을 꺼내기 시작했다.

다만, 민간인인 수호가 계획한 것이 아닌 정부에서 상정한 것처럼 꾸며야 뒤탈이 없었다.

그렇기에 정동영 대통령은 수호와 한 대화를 기준으로 한 정도에 미치게끔 회의를 이끌어 갈 생각이었다.

"총리께서는 이번 일본과의 전쟁에 들어간 전비와 그 피해 규모를 집계하여 보상받기 위한 적정 금액이 얼마인지 알아봐 주시기 바랍니다."

"예, 알겠습니다."

일본과의 전쟁에서 승리를 했을 때, 일본으로부터 받아 내야 할 전쟁배상금에 대한 계산을 미리 명령했다.

"그리고 한의용 외무장관께서는 회의 끝나고 잠시 남

아 주세요."

"네, 알겠습니다."

어떻게 보면 전쟁배상금 계산은 외무부 장관의 일일 수도 있었다.

하지만 그에게는 다른 명령을 내릴 게 있었기에 정동영 대통령이 잠시 남으라 한 것이었다.

그렇게 대한민국 정부가 이번 일본과의 전쟁이 끝난 뒤를 준비하기 위해 움직이고 있을 때, 또 다른 지구 반대편에선 이와 관련된 협상이 벌어지고 있었다.

*　　　　*　　　　*

미국 버지니아 알링턴 펜타곤 시티에 위치한 리치 칼튼 호텔.

하루 숙박비만 800달러가 넘어가는 고급 호텔이다.

그런 고급 호텔의 최상층인 펜트하우스를 빌린 수호는 그곳에서 막후에서 미국을 조종하는 비밀 조직의 최고 간부 중 한 명을 만나고 있었다.

원래 그와 알고 있는 사이는 아니었지만, 미군 군수지원부 대령인 존 슐츠, 그리고 그의 상관인 마크 윌리엄스 대장의 소개로 연결, 연결하여 만나게 되었다.

"반갑습니다. 미스터 정."

수호를 본 아론 헌트는 먼저 인사를 건넸다.

아론 헌트는 원래부터 수호를 만나고 싶어 했기에 보다 적극적으로 먼저 나서 인사를 한 것이었다.

"그림자 정부의 주역을 이렇게 보게 되니 저도 반갑습니다."

아론 헌트의 생각지 않은 환대에도 수호는 전혀 긴장을 놓지 않고 마주 인사를 하였다.

원래 이렇게까지 하지 않으려 했지만, 예상 밖의 반응에 어쩔 수 없이 이런 무리수를 둔 것이다.

안 그래도 한 사람의 등장으로 인해 갑자기 급부상한 한국에 대해 호기심이 생겨 예의 주시 하던 중, 한참 아래 조직에서 자신을 만나고 싶다고 한다는 소식을 접하고는 시간을 내 나온 아론 헌트였다.

그런데 자신의 정체를 상대가 이미 알고 있다는 사실에 깜짝 놀라지 않을 수가 없었다.

물론 오랜 경험 덕택에 속내를 드러내는 실수는 하지 않았다.

'역시 듣던 대로 정보력이 뛰어나군.'

미국의 건국 초기부터 존재하던 비밀결사의 간부인 그이다 보니, 세계 최고의 정보 조직을 다수 보유한 미국이 수집한 정보는 모두 알고 있었다.

한국의 국가정보원보다 수호가 수장으로 있는 SH 그

룹의 정보 수집 능력이 훨씬 뛰어나다는 이야기를 들어 알고 있었지만, 이 정도는 인지 밖이었다.

"내 정체를 알고 있는 것 같은데, 놀랍군……."

"미국이 알고 있는 것보다 더 많은 것을 알고 있죠."

수호는 긴장을 풀지 않은 채 살짝 미소를 보이면서 자신이 상대보다 우위에 있음을 간접적으로 드러냈다.

사실 어느 순간부터 수호는 자신이 보통의 인간보다 더 우월하다는 걸 알았고, 세계 최강 미국을 뒤에서 조종하고 있는 비밀결사의 간부라 해도 보통 인간에 지나지 않다고 생각했기에 이런 태도를 보이는 것이었다.

'듣기론 이렇게 건방진 인물이 아닌데, 내가 잘못 판단한 건가?'

SH 그룹에 관한 것이나, 그곳의 오너인 수호에 대한 정보도 알고 있는 아론 헌트는 자신이 듣던 것과 다른 모습에 적잖은 실망을 하고 있었다.

하지만 이것은 수호가 상대의 반응을 보기 위해 시험을 하는 것이었다.

비록 자신이 보통의 인간과 다르다 하지만, 굳이 겉으로 밝힐 생각이 없는 수호는 보통 사람과 같은 연기를 하고 지내고 있었다.

"그래서 나를 무슨 일로 보자고 한 것이지?"

수호의 태도에 기분이 언짢아진 아론 헌트는 굳은 표

정으로 용건을 물었다.

이미 대한민국의 막후 지배자나 다름이 없음을 알기에, 아론 헌트도 수호를 함부로 대할 수는 없었다.

그래서 자신보다 나이도 적고 아시아인인 그를 상대함에 있어서 조심스러운 태도를 고수했다.

"이미 내가 무슨 이유로 미국에 왔고, 왜 당신을 찾는 것인지는 들었을 것입니다."

나이를 떠나 협상을 하기 위해선 동등한 입장에서 협상을 벌여야 한다.

어느 한쪽이 기울면 불리한 쪽에서 양보를 하든지, 손해를 감수해야만 했기 때문이다.

예전 같으면 한국은 무조건 미국에 양보를 하고 불리한 협상을 해야 했다.

그렇지만 그건 수호가 원하는 게 아니었다.

이제는 대한민국의 위상도 올라갔으며, 미국과 동등해졌다고 판단하는 수호였다.

또 시간만 주어진다면 세계 최강 미국을 능가할 자신도 있었다.

그러기 위해 자신이 노력할 것이기 때문에 그런 생각을 할 수 있는 것이었다.

"일본과의 전쟁에서 무언가를 획책하겠다는 것 같은데, 그럼 우리에게 뭘 주겠나?"

아론 헌트도 굳이 돌리지 않고 단도직입적으로 무얼 줄 것인지 물었다.

'이렇게 나온다면 나야 좋지.'

상대가 직설적으로 나오자 수호는 속으로 생각했다.

겉으로 보기에 아론 헌트가 우위에 있는 듯 보여도 사실은 그렇지 않았다.

미국은 고질적으로 자신들의 안위에 대해 무척이나 신경 쓰는 나라였다.

그렇기에 미국이 한국에 원하는 것은 하나일 수밖에 없었다.

수호와 슬레인이 완성한 미사일 방어 체계인 스카이넷 시스템이 바로 그것이었다.

이미 1년 전부터 미국은 한국 정부에 스카이넷 시스템을 팔 것을 요구해 왔다.

하지만 한국 정부는 이것을 마음대로 할 수가 없었기에 미루고 있었다.

스카이넷 시스템의 경우, 100% 수호가 그 지분을 가지고 있기에 한국 정부라 해도 이것을 미국에 팔아라 말라 할 수 없었다.

그 때문에 미국이 이런 요구를 해 올 때면 한국 정부는 SH 그룹에 미루었다.

어차피 자신들에게는 권리가 없는 것이기에 실질적인

주인인 수호에게 넘긴 것이다.

그리고 수호는 이런 미국의 요구를 지금까지 받아들이지 않고 있었다.

그 이유는 바로 자신의 조국인 대한민국이 미국에 받아 내야 할 것이 아직 남아 있었기 때문이다.

군사작전 지휘권도 돌아오고, 미사일 사거리 제한도 철폐가 된 상태에서 무엇이 남았는가라고 하면, 바로 독도 영유권에 대한 다짐이었다.

사실 독도 영유권 문제는 미국 때문에 발생한 것이나 다름이 없었다.

그럼에도 지금까지 미국은 정확하게 독도가 대한민국의 영토임을 밝히지 않았다.

이는 일본과의 협상에서 이득을 취하기 위해 일부러 한국과 일본의 분쟁거리를 남겨 둔 것이라 할 수 있었다.

실제로 지금까지 미국은 일본과의 협상 중 많은 이득을 보았다.

그렇기에 수호는 가장 적절한 시기에 미국에게서 확실한 답을 받아 내기 위해 지금까지 미국의 스카이넷 시스템 구매 요구를 들어주지 않고 있었다.

그런데 드디어 그때가 왔다.

어차피 현재 대한민국의 힘이나, 영향력이라면 굳이

미국과 이런 협상까지 하면서 미국의 지지를 받아야 할까라는 얘기를 할 수 있지만, 현재 전 세계에서 미국의 영향력은 군사력을 떠나 절대적이라 할 수 있었다.

이는 아무리 대한민국이 지금 당장은 잘나가고 있다고 해도 아직은 미국의 영향력을 넘어서기에는 한참 부족했기에 어쩔 수 없는 일이었다.

하지만 그것도 시간이 조금 더 주어진다면 역전될 수도 있었다.

"일본이 보유한 자위대를 해체할 계획입니다. 미국도 협조를 하시죠."

"뭐?"

아론 헌트는 수호의 말을 듣고 깜짝 놀랐다.

"흠흠. 아니, 일본의 문제를 왜 나에게 이야기하는 건지 모르겠군."

너무 놀라 실수를 한 아론 헌트는 그것을 감추기 위해 헛기침을 하고는 모른 척하였다.

하지만 수호는 이미 그가 이런 반응을 보일 것이라 예상하고 있었다.

겉으로 보기에는 남의 나라 문제인 것처럼 보이지만, 사실 일본이 자위대를 창설하는데 가장 큰 영향력을 행사한 것이 바로 아론 헌트가 속한 비밀결사인 레드스컬이었기 때문이다.

미국의 총포 협회를 비롯한 다수의 군산복합체들을 산하에 두고 있는 레드스컬은, 자신들의 부를 축적하기 위해 2차 세계대전에서 패배한 일본이 북쪽의 공산주의의 맹주인 소련을 견제하고, 일본을 공산주의에서 지킨다는 명분으로 자위대 창설을 부추겼다.

군대는 아니지만 군대와 같은 조직인 자위대는 그렇게 만들어진 거였다.

이 모든 것은 그들이 만들어 낸 무기를 일본에 비싼 가격에 팔아 넘기기 위한 술책에 불과했다.

"후후, 당신이 속한 조직에서 일본의 자위대 창설에 큰 도움을 주었다는 것을 알고 있는데, 발뺌을 하겠다는 겁니까?"

"아니… 그걸 알면서도 내게 자위대 해체를 논의하는 건가?"

어떻게 들으면 아론 헌트의 말도 맞았다.

일본 자위대를 만들게 한 비밀결사의 간부인 그에게 자위대 해체를 논하다니, 참으로 아이러니한 말이 아닐 수 없었다.

"그러니 더욱 그런 논의를 하자는 것이지요."

말을 하면서 두 눈을 반짝이던 수호는 자신의 생각을 계속해서 드러냈다.

"뭐, 당신의 조직에서 무엇 때문에 일본에 자위대를

만들게 한 것인지 잘 알고 있는데, 이제는 시대가 바뀌지 않았습니까."

"시대가 바뀌었다고? 그게 무슨⋯⋯."

"이제는 미국도 기술의 한계로 인해 상대를 압도하는 무기 체계를 예전처럼 빠르고 정확하게 필요한 만큼 만들어 내지 못하지 않나요?"

기술의 발전은 미국만 이룬 것이 아니었다.

분명 2000년대 초까지만 해도 이러한 미국의 군사적 우위는 가능했다.

압도적인 공군력과 해군력은 미국의 팍스 아메리카나를 가능하게 만들었지만, 기술의 발전으로 인해 그러한 미국 주도의 강제적 평화에 반기를 드는 나라들이 늘어났고, 그것을 제압하는 게 버거워졌다.

물론 아직도 미국은 세계 군사력 순위 부동의 1위였다.

그렇지만 그것만으로 미국의 적들을 완벽하게 제압할 수 있냐고 하면, 그것은 아니었다.

예전에는 1의 피해로 해결이 되던 문제가 이제는 3에서 4의 피해를 강요받고 있었다.

이러한 희생을 줄이기 위해 미국은 여러 노력을 하고 있었는데, 그 노력의 하나가 바로 동맹군의 우수 장비 및 기술을 시험 평가하는 FCT였다.

미국 국방부 시험 평가 프로그램인 FCT는 미국에서 모든 무기를 개발하는 건 부족하기에, 첨단 무기를 제외한 우수한 장비를 동맹국으로부터 싼값에 획득하기 위해 만든 프로그램이었다.

무기의 개발에는 많은 예산과 시간이 들어가기에 미국이 시간을 벌기 위해 꼼수를 쓴 것이다.

국제통화의 역할을 하는 달러는 자신들이 무한정 찍어 낼 수 있지만, 무기 개발을 위한 시간은 아무리 세계 최강인 미국도 만들어 낼 수 없었기 때문이다.

하지만 이런 프로그램도 한국이, 아니, 정확하게는 아론 헌트의 앞에 앉아 있는 수호에 의해 위협받고 있었다.

아직까진 미국이 우위에 있지만, 이도 조만간 추월할 것으로 예상이 되었다.

그도 그럴 것이, SH항공에서 개발한 4.5세대 전투기나 그것을 업그레이드 한 5세대 전투기가 F—22에는 미치지 못하지만, F—35에 필적할 만큼 잘 만들어진 5세대 스텔스 전투기였다.

비록 F—35에 비해 소형이기에 내부 무장 탑재량은 적었지만, 항속거리가 훨씬 길었다.

RCS 값 또한 F—22에는 미치지 못하지만, 하위 기종인 F—35보다는 좋았다.

거기다 아직 그것을 보유한 나라는 UAE 하나였지만, 앞으로는 더욱 늘어날 것으로 예상되었다.

그에 반해 5세대를 능가하는 6세대 전투기 개발은 아직도 지지부진했다.

다른 나라에 비해 공중 우세를 유지하던 미국의 공군력은 현재 많이 위협받고 있는 상황이기에, 아론 헌트는 이것을 아주 심각하게 받아들이고 있었다.

그리고 이러한 생각은 아론 헌트뿐만 아니라 미국을 이끌어 가는 이너서클의 모든 이들이 비슷한 생각을 하고 있는 중이었다.

조직의 이득을 위해 이전투구 하고 있기는 하지만, 그들 또한 미국인이기에 조국인 미국이 지금의 지위에서 내려온다면 자신들의 이득도 큰 타격을 받는다는 것을 잘 알고 있었다.

그러니 그런 일이 벌어진다면 투쟁을 멈추고 합심할 게 분명했다.

하지만 그렇다고 예전처럼 무턱대고 전쟁을 벌일 수도 없었다.

그도 그럴 것이, 자신들의 지위를 위협하는 적은 자신들의 동맹일 뿐만 아니라 군사력 또한 만만치 않았기 때문이다.

자신들이 가지지 못한 미사일 방어 체계를 독자적으

로 완성을 했을 뿐만 아니라 인류 최악의 무기인 핵무기마저 획득한 상태.

비록 그 수량이 얼마 되지 않다고는 하지만, 핵무기는 수량에 관계없이 두려움을 주기에 충분한 무기 체계였다.

즉, 상대는 최강의 창과 방패를 모두 가지고 있는 반면, 자신들은 아직까지 방패를 완성하지 못한 상태인 것이다.

그러니 싸움을 해보나 마나였다.

최선이 양패구상이니, 두말할 것 없었다.

싸움에서 약자는 잃을 것이 더욱 많은 사람인 것처럼, 미국은 한국에 비해 전쟁에 패배를 할 경우 잃을 게 너무도 많았다.

아니, 미국이 잃는 것보다는 미국을 움직이는 이들이 잃을 것이 많다는 표현이 맞을 터이다.

그러니 여기서 최선은 앞으로 더욱 성장할 한국과 척을 지기보단 손을 잡는 것.

떠오르는 태양을 막을 방법이 없다면 그것을 이용하는 방법을 찾는 게 현명한 대처일 것이다.

아론 헌트는 잠시 뜸을 들이다 결론을 내렸다.

"좋아. 자네 제안을 받아들이지. 하지만 우리도 얻는 게 있어야 하지 않겠나."

'휴!'

수호는 아론 헌트의 대답을 듣고 속으로 안도의 한숨을 쉬었다.

자신 혼자만이라면 굳이 이런저런 생각을 할 것도 없었다.

하지만 대한민국에는 자신의 아버지, 어머니가 살고 있고, 또 자신이 정을 준 사람들이 다수 살아가고 있었다.

그렇기 때문에 이러니저러니 해도 대한민국이 망하면 안 됐고, 현 세대의 최강자인 미국과 함께하는 수밖에 없었다.

그리고 결국 미국의 막후 지배자 중 하나인 레드스컬의 부회장에게서 양보를 받아 냈다.

이는 한풀 꺾인 말투에서 알 수 있었다.

고압적인 자세에서 지금은 한풀 꺾인 말투로 대화가 이루어지고 있었기 때문에 금방 알 수 있던 것이다.

"일본에 자위대를 없애는 대신 미국과 우리 대한민국이 일본을 지켜 주고 그 대가를 받는 것이지요."

"흠."

"굳이 앞뒤가 다른 일본에 첨단 무기를 판매하여 적성국에 들어갈지 모르는 위험을 무릅쓰기보단, 아예 우리가 지키고 그 대가를 받는 것이 미국의 국익에도 훨씬 이득이 될 겁니다."

'응? 뭐지?'

아론 헌트는 수호의 설명이 길어질수록 그 말에서 뭔가 의미를 찾아내기 시작했다.

그렇지 않아도 미국의 최첨단 무기들이 일본의 실수로 적국인 러시아에 넘어갈 수도 있던 사고가 한두 번이 아니었다.

5세대 F—35가 한창 동맹국에 배치가 되고 있을 당시, 일본은 해상자위대 소속 F—35B 항모 착함 훈련 중 태평양에 빠뜨리는 사고를 쳤다.

당시 사고의 원인은 F—35의 기동성에 적응을 하지 못한 일본인 전투기 조종사의 실수로 알려졌다.

그때 미국은 초긴장 상태가 되고 말았다.

미국이 긴장을 한 것은 그곳이 러시아 극동함대의 작전구역과 겹치는 곳이었기 때문이다.

만약 당시 태평양에 가라앉은 F—35 기체 일부라도 러시아에 들어가게 되었다면, 미국과 그 동맹국들은 심각한 위험에 노출이 될 수도 있는 일이었다.

당시 미국을 비롯한 전투기를 제조할 수 있는 기술을 가진 나라들은 5세대 스텔스 전투기 개발에 열을 올리던 때였기에, 스텔스 전투기의 기체 조각이라도 엄청난 기술력이 들어갔기에 충분히 위협이 되었다.

아시아에서 힘의 균형을 위해 비록 전쟁을 한 사이기는 하지만, 미국의 입장에선 공산주의가 확대되는 것은 어떻게든 막아야만 했으니까.

그리고 지금까지 일본은 자신들의 입맛에 맞게 잘 움직여 주었다.

하지만 어느 순간부터 일본인들의 움직임이 이상해졌다.

겉으로는 말 잘 듣는 푸들처럼 행동을 하지만, 뒤로는 소련이나 중국에 비인가 품목을 팔아먹고 있었다.

형태는 밀수였지만, 그것은 눈 가리고 아웅 하는 행동일 뿐이었다.

물론 미국도 많은 무기를 동맹국에 팔아 이득을 보기는 했지만, 일본을 더 이상 가만히 두고 볼 수 없었다.

기술의 발전이 상향 평준화되고 있는 지금, 일본의 그러한 배신행위는 계속되고 있었기에 적당히 눈을 돌려도 되는 선을 아득히 넘었다.

실제로 일본이 팔아먹은 정밀가공 기술로 인해 중국과 러시아의 미사일 기술이 미국을 넘어서 버렸다.

원래부터 대형 미사일 기술의 경우에는 러시아가 미국을 조금 앞서 있었다.

냉전이 고조에 이르렀을 때 자본의 힘으로 겨우 따라잡았고, 시간이 흐르면서 자본의 힘은 기술 발전을 더욱 가속화시켜 비로소 소련을 능가하게 되었다.

그리고 마침내 냉전을 자유 민주 진영의 승리로 이끌었다.

그런데 아이러니한 것은, 냉전이 끝나자 이제는 미국의 발전에 반기를 드는 세력이 나타났다는 점이다.

강력한 공통의 적이 사라지자, 이제는 내부에서 서로 이득을 더 차지하겠다며 이전투구 하기 시작했다.

일본은 이에 편승해 이코노믹 애니멀(경제적 동물)의 성향을 제대로 드러냈다.

돈을 위해서라면 적아를 구분하지 않고 무엇이든 팔아넘기는 일본인의 행보는 상상을 초월했다.

하지만 그런 일본을 보면서도 미국의 막후 지배자들은 일본을 징치하지 못했다.

크게는 일본의 지정학적 위치 때문이었는데, 러시아(소련)의 태평양 진출을 막는 최후의 보루가 바로 일본이었기 때문이다.

그런데 지금 한국의 협상 대표로 자신을 만나고 있는 이가 일본을 배제하고 미국과 한국이 아시아 경략을 진행하자고 하고 있었다.

아론 헌트는 이런 제안을 하는 수호를 조용히 주시하며 생각했다.

상대의 의도를 잘 읽어야 조직에 그리고 더 나아가

조국인 미국의 발전에 도움이 될 테니까.

그래서 신중에 신중을 거듭하며 고심하였다.

"장고 속에 실수를 한다고, 너무 깊게 생각하지 않는 편이 좋은 묘책을 떠올리는데 도움이 될 겁니다."

수호는 오래 고심을 하는 아론 헌트를 보며 한마디 하였다.

"어렵게 생각할 것 없습니다. 이렇게 생각하세요. 일본이 하던 역할을 이제는 저희가 대신할 것이고, 부분적으로 중화연방국에 힘을 실어 줘서 중국공산당을 견제하려는 것이니……."

수호는 자신이 막무가내로 일본의 자위대를 해체하려는 것이 아님을 알렸다.

'아! 중화연방이 있었지.'

얼마 전까지만 해도 중국의 위협으로부터 풍전등화와 같은 상황에 놓여 있던 대만이 이제는 대륙의 두 개 성을 확보해 완벽한 나라가 되었다.

하지만 아직까지 제대로 된 군사력을 확보하지 못해 국경이 불안한 것도 사실이었다.

다만, 중국 공산당이 내부적으로 통합이 되지 못하고, 전쟁의 패전으로 권력을 잃은 구세력과, 정권을 잡은 신진 세력 간의 내전이 발생하면서 겨우 위기에서 벗어난 상태였다.

그런 중화연방의 군사력을 향상시켜 준다면 내전을 하고 있는 중국 공산당이 내전을 수습하고 안정화가 된다고 해도 충분히 위기를 이겨 내고 중국을 견제할 수 있을 것 같았다.

그러기 위해선 확실하게 중화연방의 군사력을 업그레이드해 줄 필요가 있었다.

'좋은 선택이긴 하지만, 우리의 이득이 많이 줄어들어…….'

아론 헌트도 수호의 제안이 최선인 것을 너무도 잘 알았다.

하지만 그렇다고 그 선택이 조직과 조국에게 최선인가라고 묻는다면, 그렇다고 단정 짓기 힘들었다.

한편 자신의 말에 무언가 생각에 빠지는 아론 헌트의 모습을 보면서 수호는 눈을 반짝였다.

'미끼를 물었다.'

상대의 반응에서 자신이 한 말에 관심을 보인다는 것을 느낀 수호는 그가 더 깊은 생각을 하기 전에 또 다른 제안을 하였다.

"아무리 일본의 자위대가 보유한 장비들이 우수하다 하지만 개수와 보수를 해야 할 테고, 그걸 미국이 맡으면 어떻겠습니까?"

수호는 상대방이 물지 않을 수 없는 맛 좋은 미끼를

던졌다.

'응? 개수와 보수를 우리에게 넘긴다고?'

승전의 대가로 받는 것을 자신들에게 일부 넘긴다는 수호의 말에 아론 헌트는 눈을 동그랗게 뜨며 놀랐다.

어떻게 그렇지 않겠는가.

어떻게든 많은 배상금을 받아 내기 위해 현물까지 뜯어 외국에 팔려고 하면서, 정작 개수, 보수는 자신들에게 넘긴다고 하니.

비록 직접 전쟁에 동참을 하여 배상금을 받는 것에 비하면 조족지혈이기는 하지만, 어찌 되었든 미국도 이득을 볼 수 있다면 받아들이는 것이 국익에도 도움이 되었다.

"중화연방에 판매하는 것에 도움을 준다면, 당신에게 판매금의 10%를 주겠습니다."

'헉!'

아무리 중고 무기라고 하지만, 일본 자위대가 보유한 무기의 판매 수익 중 10%를 자신에게 주겠다는 수호의 말에 아론 헌트는 정신을 차릴 수가 없었다.

그 수량이나 질을 따지면, 현재 자위대가 보유한 장비 중 절반만 판매할 수 있다고 해도 그 금액만 10조 달러는 충분할 것이었다.

이지스 구축함부터 일본이 북한의 탄도미사일을 대비

하기 위해 마련한 이지스 어쇼 시스템, 그리고 각종 탄도미사일 요격 구성 포대며 항공자위대가 보유한 4.5세대 이상의 전투기를 생각하면 10조 달러도 우습게 느껴질 지경이었다.

그런데 그것의 10%라고 한다면 최소로 잡아도 1조 달러였다.

1조 달러면 OECD 회원국 중 선두국 몇 개를 뺀 나라의 국가 예산을 능가하는 엄청난 액수였다.

그러니 아론 헌트라고 해도 놀라지 않을 수가 없는 것이다.

물론 수호가 리베이트를 약속하기는 했지만, 그 금액 전부가 그의 호주머니로 들어가는 것은 아니었다.

수호의 제안을 수용하려면 조직과 여러 곳에 로비를 해야 하기에 상당한 금액이 쓰이겠지만, 그래도 몇 천억 달러가 그의 수중에 들어올 것이니 나쁘지 않았다.

"그렇게 해 준다면 못해 줄 것도 없지."

이제 아론 헌트의 머릿속엔 수호가 주겠다고 제안한 리베이트 금액만이 둥둥 떠다녔다.

아론 헌트의 표정을 읽은 수호가 쐐기를 박았다.

"그건 당신에게 약속하는 거고, 미국이 제3자 무기 판매를 허가하는 대가로 미국에도 20%를 약속하겠습니다."

'허어!'

자신에게 10%를 주는 것만으로도 엄청난데, 자신이 로비를 하기 편하게 따로 20%를 미국에 제안하는 것에 아론 헌트는 조금 전보다 더 크게 놀랐다.

말하자면 한국은 이번 일이 성사만 된다면 수익의 30%를 포기하겠다는 말이었다.

"그게 가능하겠습니까?"

도저히 물어보지 않을 수가 없었다.

목숨을 담보로 획득한 것들이었다.

그것을 제3자 판매 승인을 획득하는 것만으로 수익의 30%를 넘겨줘도 되냐는 질문이었다.

"대통령께서 허락한 사항입니다."

어차피 중고 무기 판매라는 것이 일반 중고 물품 거래와 같이 그냥 구매자와 만나 뚝딱 해결되는 것이 아니었다.

이는 자국의 무기 기술이 적국에 들어갈 수 있는 위험이 있기에, 중고 무기라고 해도 함부로 외국에 팔 수는 없었다.

그렇기에 중고 무기도 새것처럼 생산국의 판매 허가를 받아야 판매가 가능했다.

"그렇게까지 말씀하시면, 좋습니다. 제가 나서 보죠."

아론 헌트는 더 이상 재고할 것 없이 알겠다고 대답했다.

'됐어.'

아론 헌트의 입에서 알겠다는 대답이 나오자, 수호는 속으로 환호성을 질렀다.

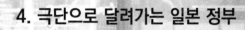

4. 극단으로 달려가는 일본 정부

일본 자위대 물자를 제3국에 판매하는 계획을 세웠을 때, 문제가 하나 있었다.

계획은 좋지만 만약 자위대가 가지고 있는 군용물자 중 미국에서 판매한 무기류들에 대한 판매 승인이 떨어지지 않는다면 헛물만 켜는 격이었기 때문이다.

그래서 제3국에 어떻게 중고 군용물자를 판매할 수 있을까 고민을 하다 미국 측에 로비를 하기로 결정을 내렸다.

그런데 여기서 또 문제가 있었다.

어떻게 해야 깐깐한 미국 의회가 승인할지 말이다.

그도 그럴 것이, 한국이 판매를 하려는 나라는 이젠 섬에서 벗어나 본토에 영토를 확보한 구 대만, 현 중화연방을 염두에 두고 있었기 때문이다.

미국의 입장에서는 중국이나, 중화연방을 통치 이념은 다르지만 같은 중국으로 볼 수 있었다.

그렇기에 대만이 중국에 위협을 받고 있을 때도 첨단 무기의 판매 승인을 하지 않은 미국이었다.

그런데 중고라 하지만 일본 자위대에서 사용하던 이지스 구축함이나, F—35 스텔스 전투기를 파는 일이었기에, 그들이 승인을 할지 불안했다.

그러던 중 슬레인으로부터 뜻밖의 이야기를 듣게 된 수호는 슬레인의 말대로 시도해 보기로 하였다.

슬레인이 수호가 잠시 잊고 있던 미국을 움직이는 비밀결사가 있음을 다시 알려 준 것이다.

수호는 솔직히 믿거나 말거나와 같은 음모론자들이 떠들던 이야기를 들었을 때 별로 신경을 쓰지 않았다.

하지만 다른 이도 아니고 자신을 보조하는 슬레인의 이야기라면 부모님의 말보다 더 신뢰하였다.

부모님이야 자신을 위해 하얀 거짓말을 할 수도 있지만, 인공 생명체인 슬레인은 그 특성상 마스터인 수호에게 거짓을 말할 수 없었기 때문이다.

아무리 초인공지능을 보유했다지만, 마스터를 위한

것이라 해도 거짓말을 하게 된다면 그것은 프로그램 오류였기 때문에 하얀 거짓말이라고 해도 할 수 없게 프로그램 되어 있었다.

그렇기에 수호는 자신에게 의견을 낸 슬레인의 말을 100% 신뢰하였다.

그 신뢰를 바탕으로 슬레인과 함께 작전을 짰다.

그리고 미국을 움직이는 배후 중 현 정부에 영향력을 가장 많이 행사할 수 있는 인물을 찾았다.

그렇게 찾아낸 인물이 바로 비밀결사인 레드스컬의 부회장인 아론 헌트였다.

물론 그를 찾는 것은 쉽지 않았다.

미국 CIA 이상으로 정보 수집 능력을 가진 슬레인이었지만, 베일에 가려져 있는 비밀결사 조직을 찾는 건 어려웠다.

하지만 결국 그를 찾아냈고, 조금 전 아론 헌트로부터 긍정적인 답변을 받아 냈다.

사실 1조 달러의 커미션은 아무리 그가 미국을 뒤에서 조종하는 거대 비밀결사의 핵심 간부라 하지만, 손에 만져 보기 힘들 정도의 천문학적인 돈이었다.

그래서 자신의 제안을 무조건 받아들일 것이라 예상을 하였고, 실제로도 아론 헌트는 수호의 제안을 받아들였다.

그런데 여기서 중요한 것은 1조 달러가 아니었다.

아론 헌트는 자신이 로비를 어떻게 하느냐에 따라 그가 받을 수 있는, 그가 속한 조직이 대한민국 정부로부터 받을 수 있는 커미션의 금액은 더욱 늘어난다는 사실을 깨달았다.

1조 달러의 커미션도 중요했지만, 뒤이어 판매 수익의 20%를 주겠다는 말이 주요했다.

그렇다는 것은 1조 달러는 기본이고 거기에 더해 최소 2조 달러가 미국으로 흘러 들어오는 것이었다.

여기서 잘만 중재를 하면 더 많은 돈을 자신 혹은 조직으로 끌어들일 수 있었고, 그렇게 된다면 조직 내에서 그의 위상은 더욱 높아질 터.

분명 어중간한 커미션으로는 미국을 움직인다는 아론 헌트를 움직이게 할 수 없었을 것이다.

그 정도가 되니 아론 헌트도 자존심을 접고 로비스트로 나선 거였다.

"수고하셨습니다."

언제 다가왔는지 슬레인은 수호의 곁으로 다가와 수고했다는 말을 건넸다.

"네 말대로 돈 앞에선 누구도 자존심을 세우지 못하더군."

사실 아론 헌트를 만나 이렇게 무지막지한 금액을 커

미션으로 주겠다고 배팅을 한 것은 전적으로 슬레인의 조언 때문이었다.

솔직히 수호는 그 정도로 막대한 커미션을 줘야 할까 라는 의문을 가졌다.

하지만 슬레인의 대답을 듣고는 고개를 끄덕일 수밖 에 없었다.

[마스터의 목적이 무엇입니까? 자위대의 군수물자를 팔아 대한민국 정부에 많은 배상금을 안겨 주는 것입니까? 아니면 일본 자위대를 해 체하는 것입니까?]

슬레인은 그렇게 질문을 했다.

그리고 수호의 대답은 바로 일본 자위대의 해체였다.

일본에게 배상금을 많이 받아 내는 것도 좋지만, 가 장 중요한 것은 한반도를 위협할 수 있는 여지를 남기 지 않는 것.

수호가 생각하기에 가장 확실한 것이 바로 일본 자위 대의 해체였다.

하지만 전쟁에 승리한다고 해서 대한민국 마음대로 자위대를 해체할 수는 없었다.

그 문제의 키를 가지고 있는 곳은 승전국인 한국이 아니라, 한미일 삼각동맹을 맺고 한국과 일본의 전쟁에서 중립을 지키겠다고 한 미국이 쥐고 있었다.

애초에 자위대를 창설하게 한 곳이 바로 미국이기 때문이다.

수호는 뒤에서 웃는 얼굴 가면을 쓰고 언제든 한국의 뒤통수를 노리는 일본을 믿을 수 없었다.

그러니 할 수 있다면 자위대를 해체하는 것이 최선이라는 생각에 미국을 설득하려고 이런 무리수를 둔 것이었다.

돈이야 앞으로 더 벌면 됐다.

하지만 자위대 해체는 돈으로 해결할 수 없는 문제였다.

그런 이유 때문에 기회가 왔을 때 확실하게 마무리지어야 했다.

그래서 수호는 슬레인과 계획을 세웠고, 대통령에게 자신의 계획을 이야기하여 정부를 대신해 이렇게 미국까지 날아와 협상을 벌인 것이었다.

슬레인을 통해 아론 헌트가 자신에게 호감을 가지고 있음을 전해 들었기에 이렇게 과감하게 지른 것이었다.

*   *   *

늦은 시각, 밤하늘에 별이 총총히 떠 있었다.

중국과의 전쟁에서 승전을 한 뒤로 중국발 미세 먼지가 더 이상 예전처럼 한반도로 날아들지 않게 되면서 서울의 대기는 맑아졌고, 기상이 좋을 때면 이렇게 밤에 별을 볼 수 있게 되었다.

"성공하였다고요? 하하하."

홀로 집무실에 앉아 있던 정동영 대통령은 미국에서 날아든 직통전화를 받고는 호탕하게 웃었다.

무려 3조 달러 규모의 협상이었다.

돈이 조금 아깝다는 생각이 들기는 했지만, 그보단 더 이상 독도를 두고 일본의 도발이 없을 것이란 생각에 절로 웃음꽃이 피어났다.

'됐어, 미국의 승인만 떨어지면……'

더 이상 아시아에선 대한민국을 위협할 수 있는 나라는 없었다.

옛 격언에 친구는 가까이 두고, 원수는 더 가까이 두라는 말이 있다.

하지만 그것은 현대에 와서는 조금 바뀌어야 했다.

원수를 더 가까이 두라는 말도 맞기는 하지만, 그냥 최대한 멀리 두는 편이 나았다.

아니면 뒤통수를 치지 못하게 손발을 묶어 두던지.

그러지 않는다면 언젠가는 뒤통수를 세게 맞을 수도 있었다.

현대에 그런 나라들이 몇몇 있기는 하지만, 대한민국 근처에 있는 나라 중 그런 나라는 딱 한 곳밖에 없었다.

바로 일본이다.

정동영 대통령은 일본의 특성을 생각하며 임기가 얼마 남지 않았지만, 후임 대통령에게 이런 자신의 깨달음을 전달해야겠다는 다짐을 하였다.

그리고 그러기 위해선 가장 먼저 SH 그룹과 정부가 오래도록 좋은 관계를 이어 가야 한다는 생각을 가졌다.

띠!

통화를 마친 정동영은 급히 내선 버튼을 눌러 비서실장을 호출했다.

"부르셨습니까?"

늦은 시각이었지만 최규하 비서실장은 아직 퇴근을 하지 않고 있었다.

"내일 오전에 여야 대표들과 오찬을 하고 싶은데, 연락 좀 해 주게."

"알겠습니다."

급하게 잡은 계획이었지만, 최규하 비서실장은 곧바로 대답을 했다.

"그럼 부탁합니다."

"예. 다른 지시가 없다면 하달된 지시를 수행하기 위

해 나가 보겠습니다."

"네, 그러세요. 더 지시할 사항 없으니 그것만 하고 퇴근하세요."

"알겠습니다."

최규하 비서실장은 그렇게 대답을 하고는 집무실을 빠져나갔다.

＊　　　＊　　　＊

일본 해상자위대 제3호위대군과 지원하는 지방함대를 상대로 동해에서 전투가 있던 다음 날.

대한민국 전역은 축제 분위기에 휩싸였다.

동해 대전으로 명명된 이번 전투는 대한민국 우주군과 해군의 최초 합동작전으로 기록이 되었으며, 대한민국 해전 역사에 이처럼 압도적인 전과는 찾아보기 힘들었다.

그도 그럴 것이, 사상자가 전무한 전투였기 때문이다.

그런데 이런 희소식은 비단 동해에서만 전해진 것이 아니었다.

일본 규슈 북쪽 후쿠오카 상공에서 벌어진 공중전에서도 대한민국 우주군 소속 공중호위함 세 척이 일본 항공자위대 소속 전투기들을 상대로 압승을 거뒀다.

동해 상공과 한반도 남부에 위치해 있던 인공위성이 촬영한 전투 상황은 실시간으로 대한민국은 물론이고, 전 세계로 송출이 되었기에 모르는 사람이 없었다.

일부 대한민국 국민들은 중국과의 전쟁이 얼마 전에 끝났는데 또다시 일본과 전쟁을 한다는 소식에 불안해했지만, 국군의 용맹하고 압도적인 전투력에 놀라고 또 감탄했다.

연이은 강대국들과의 전쟁에 불안해하던 사람들은 자신들을 지켜 주는 국군의 진정한 힘을 느끼며 환호성을 질렀다.

그리고 전투가 벌어진 지 하루가 지나도 그 흥분은 가라앉지 않았다.

하지만 흥분해 환호하는 이들이 있다면, 대한민국 한 쪽에서는 침착하게 이번 전쟁의 마무리를 준비하는 이들도 있었다.

*　　　*　　　*

"무슨 일로 우리를 보자고 하신 겁니까?"

오찬을 한 뒤 여당 대표인 박문수가 물었다.

"제가 여러분들을 모신 것은 일본과의 전쟁이 끝난 후 사후 처리에 대한 의견을 듣고 싶어서 불렀습니다."

정동영 대통령은 담담한 표정으로 여야 대표들을 보며 이야기하였다.

그런 대통령의 답변에 당 대표들은 굳은 표정이 되었다.

너무도 느닷없는 말이었기 때문이다.

"아직 전쟁 중인데, 벌써 그런 논의를 해도 되겠습니까?"

박문수는 깜짝 놀라 눈을 동그랗게 뜬 상태로 다시금 물었다.

아직 전쟁이 끝나지도 않았는데 벌써 이런 논의를 한다는 것이 조금 껄끄러웠기 때문이다.

상황이 언제 어떻게 바뀔지 알 수 없기도 해서 불안한 것이다.

"보시지 않았습니까? 우리 국군의 능력을."

"음……."

너무도 당당한 대통령의 모습에 이를 지켜보던 여야 대표들은 저도 모르게 침음을 흘렸다.

"일단 제 생각부터 여러분께 말씀드리겠습니다."

정동영 대통령은 조심스럽고 은근한 목소리로 이야기를 하며 주변을 둘러보았고, 한 명 한 명 눈을 마주하며 말을 이어 갔다.

"이번 기회에 일본의 자위대를 해체했으면 합니다."

"네?"

"아니, 그게 가능하겠습니까?"

자위대를 해체하겠다는 대통령의 선언에 가만히 듣고 있던 여야 대표들은 조금 전보다 더 눈을 크게 뜨며 놀랐다.

"그, 그게 가능하겠습니까?"

불가능한 것을 언급하는 대통령을 보며 박문수 대표가 물었다.

"물론 우리만의 힘으로는 불가능할지 모르겠지만, 만약 미국이 허가를 한다면 가능하지 않겠습니까?"

이미 결론이 난 것이지만, 미국에 제공하기로 한 3조 달러 상당의 커미션을 주기 위해선 여야 국회의원들의 허가가 필요했다.

아무리 대통령이라고 하지만 이런 예산집행을 독단으로 처리할 수는 없었기에 이렇게 여야 대표들을 불러 운을 떼는 것이다.

'일본 자위대를 해체한다?'

조금 전 대통령의 이야기를 들은 여야 대표들의 머릿속에는 자위대 해체라는 단어만이 맴돌았다.

"미국의 허락을 어떻게 받을 생각이십니까?"

다시 한번 여당 대표인 박문수 의원의 목소리가 들려왔다.

그러자 각자 생각에 빠져 있던 의원들이 다시 시선을 돌려 대통령을 주시했다.

"그 일은 SH 그룹의 정 회장이 나서 주기로 했습니다. 다만, 그 일을 성사시키기 위해선 천문학적인 돈이 들어갈 겁니다. 그러니……."

수호가 미국으로 떠나기 전 논의했던 것을 공개했다.

"하지만 그러기 위해선 한두 푼이 들어가진 않을 텐데……."

"그렇긴 하지만 방법은 있습니다."

"방법이 있다고요?"

"네. 일본에게 받아 내야 할 전쟁배상금을 사용한다면 가능할 것입니다."

급기야 정동영 대통령의 입에서 전쟁배상금이 언급이 되었다.

"하지만 배상금으로 그게 가능하겠습니까?"

의원들은 중국과의 배상금 협상을 생각했고, 이내 아무리 배상금을 많이 받는다 해도 충분하진 않을 것 같다는 생각이 들었다.

"SH 그룹의 말에 의하면, 일본은 현재 돈이 없습니다."

"네? 아니, 그러면 배상금도 받지 못하는 것 아닙니까? 그러면 어떻게……."

이야기를 듣고 있던 여야 대표들이 의아한 표정이 되어 질문을 쏟아 냈다.

그런 의원들의 모습을 이미 예견한 건지, 정동영 대통령의 표정은 평온하기만 했다.

그렇게 한동안 떠들던 의원들이 편안한 표정의 대통령을 보고는 진정이 되자, 정동영 대통령은 다시 이야기를 이어 갔다.

"그렇기에 가능한 것입니다."

"그래서 가능하다? 그게 무슨 뜻입니까?"

"자위대를 해체하기 위해선 그들이 사용할 무기와 장비들을 없애는 것이 우선시 되어야 합니다."

"아!"

자위대가 사용하는 장비를 없애야 한다는 대통령의 말에 그제야 그 말뜻을 이해하였다.

"일본에 배상금을 줄 돈이 없으니, 우리는 자위대가 보유한 장비를 중고로 팔아 배상금을 챙길 것입니다."

"……!"

짐작대로 대통령의 설명이 이어지자 여야 대표들의 표정도 편안하게 바뀌었다.

"하지만 일본 자위대가 사용하는 장비들은 미국이…….."

야당 대표 중 한 명인 신준식 의원이 물었다.

군사 무기류와 같은 물자는 아무리 중고라 하지만 함부로 판매를 할 수가 없었다.

최종 사용자 지정 계약으로 인해 미국의 허가 없이는 제3자에게 미국산 무기를 거래할 수가 없었기 때문이다.

"허가는 이미 받은 것이나 다름이 없습니다."

"네? 그걸 어떻게?"

"SH의 정수호 회장이 나섰습니다. 유력 인사를 로비스트로 계약을 했습니다. 대신 그 일을 성사시키기 위해 30%의 커미션을 주기로 하였습니다."

"허어!"

로비스트 계약을 했다는 것까지는 이해를 했지만, 성공 보수로 약속한 커미션의 규모를 듣고는 자리에 있던 여야 대표들은 경악을 금치 못했다.

"물론 사상 초유의 금액이겠지만, 그 정도가 아니면 일본에게서 자위대를 뺏을 수 없을 겁니다."

'아!'

일본에게서 자위대를 해체하는 것과 천문학적인 커미션을 주는 것, 어느 게 더 이득인지 떠올려 본 여야 대표들은 속으로 탄성을 지를 수밖에 없었다.

자위대가 보유한 무기류들을 중고로 판매한다고 해도 그 판매금은 천문학적인 금액이 될 터.

그도 그럴 것이, 일본이 보유한 장비들은 모두가 최첨단의 고가였고 만약 일본의 장비들을 한 번에 구매하는 국가가 있다면, 그 나라는 한순간에 세계 군사력 순위가 몇 계단 이상 상승할 것이었다.

하지만 그런 자위대의 장비들을 구매할 수 있는 나라는 솔직히 많지 않았다.

또 구매할 수 있는 자본이 있는 나라라고 해도 국내 정치와 국민 정서 때문에 구매를 하지 못하는 곳도 있을 것이었다.

이런저런 조건을 따졌을 때, 자위대의 군용물자를 구매할 수 있는 나라는 손에 꼽을 정도로 적을 것이 분명했다.

그렇게 된다면 미국의 허가를 받더라도 제대로 된 값을 받을 수 있을지도 의문이 들었다.

그렇지만 이런 모든 것을 떠나서라도 자위대가 해체가 된다면, 대한민국의 입장에선 이번 일본과의 전쟁에서 승리를 하는 것 이상으로 뜻 깊은 일이 될 것이었다.

"저희는 찬성하겠습니다."

여당 대표인 박문수 대표는 곧바로 대통령의 제안에 찬성을 표했다.

그리고 조금 늦기는 했지만 야당인 민족당 대표인 신준식도 찬성을 했고, 그가 찬성을 하자 다른 야당 대표들도 찬성을 하였다.

*　　　　*　　　　*

쾅!

회의실 안은 난장판이 되어 있었다.

그도 그럴 것이, 조금 전 너무도 충격적인 모습을 보았기 때문이다.

무적이라고는 할 수 없지만, 그래도 아시아에서만큼은 그 어느 나라의 군대와 전투를 벌이더라도 충분히 격퇴할 수 있다고 자신하던 자위대가 괴멸되었다.

그것도 자신들보다 한 수 아래라 평가를 한 한국군에 의해서 말이다.

"어떻게… 어떻게 이럴 수가 있지?"

나카소네 총리는 내각 관료들을 노려보며 소리쳤다.

세계에서 두 나라(미국, 러시아)를 제외한다면 어느 나라든 일본이 자랑하는 자위대에는 미치지 못할 것이라 생각했다.

그것이 세계 최강 미국을 앞지르겠다며 떠들던 중국 인민해방군이라 해도 말이다.

이들이 이런 생각을 하는 이유는 중국이 한국과의 전쟁에서 패배를 했기 때문이다.

자신들보다 군사력이 낮다고 평가받는 한국과의 전쟁에서 패전을 한 중국을 그렇게 생각하는 것은 어쩌면 당연한 일이었다.

그런데 명예 백인이며, 아시아 유일의 선진국인 일본이 적에게 전혀 피해도 입히지 못하고 전투에서 패배를 했다.

그것도 동해와 영공 안에서 말이다.

해상자위대의 패배는 보이지 않는 곳에서 날아든 공격 때문이라고도 할 수 있지만, 항공자위대의 패전은 그 어떤 변명의 여지도 없었다.

그도 그럴 것이, 규슈 상공에서 한국의 미사일을 요격하지 못하고 격추가 되었기 때문에 그 잔해가 고스란히 일본 영토 내에 떨어져 감추지 못했다.

한국이 송출한 방송만이라면 한국이 영상을 조작했다고 거짓말할 수도 있겠지만, 이미 증거가 확실하게 국민들에게 들켰으니 그럴 수도 없었다.

그러니 이렇게 관료들을 보며 호통을 치는 것이었다.

"왜 아무런 말이 없나?"

솔직히 이곳에 있는 관료라고 해도 이미 일어난 일을 어떻게 할 수는 없었다.

그럼에도 불구하고 나카소네 총리가 이렇게 말하는 것은, 자신의 잘못을 감추기 위해 관료들을 희생양 삼

으려는 의도를 가지고 있었기 때문이다.

"이미 일은 벌어졌습니다. 그리고 결과가 이러니 하루라도 빨리 한국에 항복 의사를 전달하는 것이 그나마 희생을 줄이는 일일 것입니다, 총리."

처음부터 이번 전쟁을 반대한 나가토 외무상은 침중한 표정으로 자신의 생각을 이야기하였다.

하지만 돌아온 것은 호통과 질책뿐이었다.

"누가 지금 그걸 듣자고 하는 것 같아? 외무상은 지금 어느 나라 관료인 거야?"

나카소네 총리는 자신의 잘못을 끄집어내고, 전쟁을 이쯤에서 멈추자고 하는 나가토 외무상을 마치 나라를 팔아먹으려는 매국노로 몰아갔다.

"제3호위대군과 항공자위대의 귀중한 전투기 조종사들이 불의의 공격을 받아 산화하였는데, 일국의 관료라는 자가 어찌 그런 말을 할 수 있는가?"

마치 중세 영주가 무사들을 데리고 전쟁 전 훈시를 하듯 분위기를 잡고 떠드는 나카소네 총리였다.

그는 계속해서 나가토 외무상을 비롯한 반전을 이야기하는 관료들을 극단으로 몰아갔다.

그러다 보니 전투의 패배가 나가토 외무상과 그 일파로 인해 벌어진 것처럼 흘러갔다.

하지만 총리의 윽박지름에도 나가토 외무상의 표정은

더 이상 구겨지지 않았다.

그는 처음부터 끝까지 포커페이스를 유지하고 있었다.

"총리와 방위성의 예상과 다르게 한국은 중국과의 전쟁을 치르면서도 전력을 고스란히 유지하고 있었다는 것이 밝혀졌는데, 아직도 한국과 전쟁을 계속하겠다는 것입니까?"

자신을 아무리 압박한다고 해도 할 말은 해야 한다고 판단한 나가토 외무상은 생각을 굽히지 않았다.

그것만이 최악의 상황을 막을 수 있다고 믿었기 때문이다.

하지만 그런 나가토 외무상의 노력은 수포로 돌아갔다.

그도 그럴 것이, 나가토는 국가의 외교를 담당하는 외무상이고, 행정권과 국가 방위에 관한 모든 권한은 총리인 나카소네에게 있었기 때문이다.

즉, 모든 결정은 총리가 하는 것이기에 아무리 외무상이라 해도 막을 수가 없었다.

일본이 겉으로는 민주주의를 표방하고 있지만, 그 정치적 성향을 들여다보면 아직도 근대 제국주의 사상에서 벗어나지 못하고 있었다.

그렇기에 총리가 전쟁을 명령하자 그 밑에 있는 관료

들이 명령의 타당성도 따지지 않고 전쟁 준비를 하였고, 선전포고도 없이 오래전 그런 것처럼 기습 공격을 하려고 한 것이다.

하지만 세월이 흐르고 과학기술은 예전보다 훨씬 발전을 했다.

그러다 보니 일본은 기만술을 통해 한국군을 속였다고 생각했지만, 대한민국은 이들이 생각하는 그 이상의 능력을 가지고 있었다.

결국 기습 공격은 통하지 않았고, 이들의 의도를 미리 파악한 한국군이 먼저 선제공격을 한 것이다.

이미 한 차례 경고를 하였기에 선을 넘은 이상, 일본 자위대의 행동을 선전포고로 판단하고 공격을 감행하였다.

만약 일본이 UN에 이번 공격을 한국군의 잘못으로 몰아간다면, 대한민국 정부는 자신들이 사전에 확보한 증거들과 교전을 벌이기 전 경고를 한 것을 제출하여 잘못이 없음을 알릴 준비까지 마쳤다.

이렇듯 일본이 자신들이 보유한 전력과 외국의 군사력 순위 평가만 믿고 전쟁을 벌이려고 한 것과는 다르게, 한국은 오래전부터 일본을 예의 주시하면서 정보와 증거를 확보한 상태에서 전쟁에 임했다.

이런 차이가 동해 교전과 후쿠오카 공방전에서 완벽

한 승리를 만들어 낸 것이다.

일본은 오랜 병법의 교과서와 같은 손자병법에서 이야기하던 지피지기 백전불태란 말을 잊고 있었다.

하지만 대한민국 국군은 그렇지 않았다.

철저하게 자신의 역량을 알고 또 적인 일본의 능력과 역량을 알고 준비를 했다.

그러하였기에 두 곳에서의 승리는 당연할 수밖에 없는 결과였다.

하지만 이러한 사실을 인정하지 못하는 일본 정부는 계속해서 낭떠러지로 돌진하는 야생 들쥐마냥 극단으로 달려가고 있었다.

*　　　*　　　*

일본 해상자위대 제1호위대군의 사령관 하시모토 해장보는 굳은 표정을 하고 있었다.

그도 그럴 것이, 해장보인 그가 있는 곳이라고는 믿기지 않을 정도로 시설이 열악한 곳에 갇혀 있었기 때문이다.

그가 이러한 곳에 감금되어 있는 것은 전적으로 총리실에서 내려온 명령을 독단적으로 거부했기 때문이다.

그게 무슨 말인가 하면, 일본의 총리인 나카소네 히

데토시는 전 자위대에 총동원령을 내렸다.

먼저 출격한 제3호위대군을 지원하기 위해 요코스카에 주둔하고 있던 지방대가 출동을 한 것처럼, 제1호위대군도 움직이기 시작했다.

하지만 위치상 동해로 들어가지 못하기에 제2, 제4호위대군과 합류하여 한반도의 남부를 거쳐 서해로 진입해 한국의 수도 서울을 향해 출격하였다.

하지만 결과적으로 이야기를 하자면, 계획은 훌륭했으나 이들의 계획은 이미 한국군이 모두 파악한 상태라는 것이었다.

그리고 이들이 전쟁에 끼어들지 못하게 막았다.

해상자위대 제3호위대군 함대가 동해에서 공중순양함인 봉황 1호와 해군의 주몽급 전투 순양함의 함포 사격에 괴멸이 되고 있는 그 시각, 육군의 제1포병대는 보유한 230㎜ 초장거리포를 이용해 이들에게 경고사격을 하여 발을 묶었다.

처음 계획에는 230㎜ 초장거리포를 이용해 일본이 자랑하는 해상자위대 호위대군을 모두 전멸시키려고 하였다.

그렇지만 뒤늦게 대통령과 수호가 세운 계획을 들은 군 지휘부는 작전 계획을 변경해 경고사격만 하였다.

수천 발의 포탄이 낭비가 되기는 했지만, 그보다 원

대한 계획이 있었기에 충분히 감안할 수 있었다.

그렇지만 대한민국 육군의 포격을 목격한 제1호위대군 사령관인 하시모토 해장보는 독단으로 총리의 명령을 무시하고 걸음을 멈췄다.

뿐만 아니라 제2, 4 호위대군에게도 무전을 하여 작전 중지를 하달했다.

그가 제1호위대군만이 아니라 다른 호위대군에도 명령을 할 수 있던 것은 그가 다른 호위대군의 지휘관들보다 계급이 높았기 때문이다.

하지만 그 대가는 혹독했다.

나카소네 총리는 독단으로 자신의 명령을 중지시킨 하시모토 해장보를 직무 정지시켰고, 기함인 이즈모의 선실에 감금 조치하였다.

자신이 지휘하던 기함의 좁은 선실에 감금된 하시모토 해장보는 굴욕감이 일었다.

원칙대로라며 이런 조치가 내려올 때는 그가 사용하던 함장실에 연금하는 것이 보통이었다.

즉, 일반 수병이 사용하는 이 좁고 더러운 선실이 아닌 함장실에 안치되어야 한다는 소리다.

하지만 하시모토에 대한 분노 때문인지 나카소네 총리는 그런 보편적인 조치가 아닌 불명예를 안겨 주는 조치를 취했다.

그런데 총리의 이런 조치는 하시모토 해장보뿐만 아니라 이즈모 내부 승조원은 물론이고, 제1호위대군 전 장병들에게까지 영향을 미쳤다.

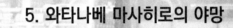

5. 와타나베 마사히로의 야망

해상자위대 내부에서 큰 소요가 일어났다.

소요가 일어난 원인은 하시모토 제1호위대군 사령관이 명령 불복종으로 인해 강제 구금되었기 때문이다.

이 문제로 해상자위대 내부에서는 잘못된 명령에 대한 정당한 행동이었다, 라는 측과 총리의 총동원령은 어떤 일이 있어도 관철되었어야 한다는 파벌로 나뉘어 공방이 벌어졌다.

하지만 문제는 명령은 무조건 수행해야 한다는 쪽이 우세하다는 점이다.

그도 그럴 것이, 그런 주장을 하는 이들이 고위 지휘

관들이고, 현 일본의 정권을 잡고 있는 나카소네 총리 계파에 속하는 극우 성향의 지휘관이었기 때문이다.

그에 반해 하시모토 해장보의 명령으로 출정을 중단하고 목숨을 구한 일부 장관급 간부나, 하급 좌관급 이하 자위대원들은 인원은 많았으나 힘이 부족했다.

그럼에도 고위 장관, 좌관급 인사들에게 밀리지 않은 것은 하시모토 해장보의 명령이 적절했다는 주장이 국민들에게 힘을 얻었기 때문이다.

대한민국이 동해 교전과 규슈 항공전을 중계하면서 대한민국 국민은 물론이고, 전 세계 사람들이 실시간으로 지켜볼 수 있었다.

그중에는 일본인들도 다수 있었다.

지금까지 정부와 언론에서는 이번 한국과의 전쟁에 대한 당위성과 일본의 강함을 떠들어 댔는데, 막상 실체를 보고 나니 모든 게 거짓임이 밝혀졌다.

싸움이란 것이 쌍방 간에 어느 정도 실력 차가 있더라도 일방적으로 맞기만 하지 않는다.

그렇기에 지고 있더라도 일발 역전을 노리며 기회를 노리는 작전을 펼치기도 한다.

하지만 동해 교전이나, 규슈 항공전과 같이 일방적으로 당한다면 이를 지켜보는 이들은 충격과 공포에 모든 것을 포기하기에 이르기 마련이다.

이처럼 일본인들은 총리의 총동원령이 떨어졌음에도 중간에 이를 번복하고 명령에 불복해 전력을 살린 하시모토 해장보의 행동에 지지를 보냈다.

만약 하시모토 해장보가 그런 행동을 하지 않았다면, 일본의 자랑인 해상자위대는 그날로 전멸을 면치 못했을 것이란 게 하시모토 해장보를 지지하는 파벌의 주장이었다.

만약 이런 주장이 일본 제국주의 시절 나왔다면 아무리 거대한 파벌을 이루었다고 해도 일본인들은 이런 이들의 주장을 받아들이지 않았을 것이다.

그러나 현대는 그런 일본 제국주의 시대와는 전혀 달랐다.

비록 일본인들이 국내 정치에 대해 별로 관심이 없기는 하지만, 대신 자신의 생명과 재산에 대한 관심은 그 어느 때보다 높았다.

그런 일본인들을 일본 정치인들은 아직도 제국주의 사고에서 벗어나지 못하고 자신들이 숨기고 있는 문제를 해결하기 위해 내부에서 해결하려는 것이 아니라 외부에서 전쟁을 통해 국민의 관심을 외부로 돌리고 해결하려고 했다.

이것이 나카소네 일본 총리의 첫 번째 실책이었고, 두 번째는 전쟁을 치르기 전 가장 중요한 정보를 등한

시했다는 것이다.

세계 군사력 순위 3위의 중국과 전쟁을 승리로 이끌면서도 한국군은 사상자가 크게 발생하지 않았다는 사실을 애써 외면했다.

전쟁은 이기든 지든 수많은 사상자를 발생시킨다.

그럼에도 대한민국은 중국 인민해방군의 사상자 숫자와 비교를 하면, 거의 사상자가 발생하지 않았다고 해도 무방할 정도로 그 수가 적었다.

뿐만 아니라 후속 조치가 신속했고, SH 그룹에서 신기술이 개발이 되면서 사망자는 어쩔 수 없었지만 전투 중 부상을 입은 군인들은 적절한 치료를 받아 정상적인 생활을 이어 갈 수 있게 되었다.

거기다 신체에 장애를 입은 이들 또한 최첨단 의료 기기를 이식받아 겉으로는 정상적인 사람과 구별이 가지 않을 정도로 회복이 되었다.

그것만 봐도 대한민국의 저력을 알 수 있음에도 불구하고, 일본 정부는 이런 모든 것을 외면하고 자신들만의 사고에 빠져 전쟁을 일으켰다.

그리고 그 결과가 동해 교전과 규슈 항공전이다.

*　　　*　　　*

고베 나다구의 한 요정

늦은 시각, 화려한 장식을 한 실내에 십여 명의 장년들이 모여 한 사람을 쳐다보았다.

그들이 보고 있는 사람은 일본의 밤을 지배하는 두 명의 황제 중 한 명인 와타나베 마사히로였다.

고베 야마구치구미의 오야붕인 그는 최근 세력 확장을 멈추고 정치인들을 규합하고 있었다.

야쿠자인 그가 정치인들과 자주 목격이 되자, 야쿠자가 정치를 하려고 하는 것은 아닌가 하는 의심을 하는 이들이 늘어났다.

사실 와타나베가 정치를 하려는 것은 맞았다.

다만, 직접적으로 정치를 하려는 것이 아닌 정치인들을 규합해 하나의 세력을 만들려는 것이었다.

일본의 정치는 여느 나라의 정치와 달랐다.

일부 의원들이 국민의 투표로 선출이 되는 것은 맞았지만, 그렇게 선출된 국회의원은 그 권한에 한계가 있었다.

그에 반해 원래부터 정치를 업으로 하는 가문 출신 의원들은 막강한 권력을 가지고 일본을 이끌었다.

와타나베는 자신의 가문도 야쿠자로만 남는 것이 아니라, 이런 정치를 하는 권력을 대대로 물려줄 수 있는 가문으로 만들고 싶은 욕망을 가지고 정치인들을 규합한 것이다.

사실 와타나베가 이런 권력욕을 가지게 된 것은 모두 수호를 만나고부터다.

와타나베는 사실 자신이 무식하다는 것을 잘 알고 있는 인물이었다.

자신의 역량을 잘 알고 있기에 야쿠자로서의 역량만 다하고 권력자의 하수인이 되었다.

그런데 그에게 일생일대의 기회가 찾아왔다.

테러의 타깃이던 수호를 만남으로써 수호가 가진 힘에 굴복을 하고, 또 수호가 준 힘에 매료되었다.

규모는 줄어들었지만, 와타나베의 밑에는 3천 명의 부하들이 있었다.

그것만 해도 충분한 무력을 가지고 있다고 말할 수 있는데, 그런 전력이 불과 10여 명의 인원에게 제압이 되어 버렸다.

그리고 그런 일을 할 수 있던 힘의 원천을 알게 되었고, 그것을 내려 준 수호에게 완벽하게 굴복했다.

감히 배신은 생각할 수 없는 힘을 보여 준 뒤 약간의 힘을 내려 준 것이었기에, 아무리 와타나베가 일본의 밤을 양분하게 되었다고 해도 배신은 꿈도 꿀 수 없었다.

아무튼 그런 이후로 와타나베는 고베 야마구치구미의

한계를 벗어나 정치 가문으로의 도약을 시도했다.

아직 갈 길이 멀기는 했지만, 그의 밑으로 수많은 지방 의원들이 모여들었고 중앙의 정치인들도 모이기 시작했다.

웅성웅성!

현재 일본은 한국과 전쟁을 치르는 중이다.

불과 하루밖에 지나지 않았지만, 이 문제로 일본 내는 혼란의 도가니가 되었다.

TV에서 나오는 뉴스의 대부분의 내용이 이번 한국과의 전쟁에 관한 내용뿐이었다.

그렇기에 정치인들인 이들의 이야기 주제도 그것일 수밖에 없었다.

"준이치, 이번 한국과의 전쟁이 가망이 있다고 보나?"

와타나베 마사히로는 굳은 표정으로 자신의 옆에 앉아 있는 준이치 켄 고베 시장을 보며 물었다.

"음, 솔직히 무슨 의도로 한국과 전쟁을 벌인 것인지 총리의 의도를 알 수가 없습니다."

전쟁의 가망성을 묻는 질문에 준이치 고베 시장은 총리의 의도를 알 수 없다고만 답변을 했다.

하지만 그 말에서 와타나베는 한국과 일본의 전쟁에 가망이 없음을 느낄 수 있었다.

'오야붕과 같은 이가 자리를 잡고 있는 나라다. 비록 내 조국이 일본이라 하지만, 오야붕의 나라와 전쟁을 하는 것은 있을 수 없는 일이야.'

정치에 욕심을 내고 있는 와타나베이기는 하지만, 그의 사고는 어디까지나 야쿠자에서 벗어날 수가 없었다.

사람이 사는 곳이 거기서 거기라고는 하지만, 그 사고의 범위는 어쩔 수 없이 그가 속한 집단에서 벗어날 수는 없는 것이다.

그러다 보니 오랜 기간 야쿠자로서 생활하고 또 야쿠자 세계의 정점을 찍은 와타나베의 생각은 한계가 분명했다.

그래서 이번 일도 일본인으로서가 아닌 야쿠자적 사고로 적국의 국민인 수호에게 의리를 지키기 위해 자신의 영향력 아래 있는 정치인들을 부른 것이다.

"해상자위대 지휘관들이 총리의 총동원령에 불복해 회항한 것 때문에 말이 많던데, 그건 어때?"

와타나베는 자신이 하고자 하는 일을 성사시키기 위해 운을 뗐다.

그가 판단하기에 한국과의 전쟁은 미친 짓이었다.

불과 10여 명으로 총과 칼로 무장한 야쿠자 최정예 수백을 사상자 하나 없이 완벽하게 제압한 이들이 있는 나라다.

거기다 그가 일본의 밤을 완벽하게 장악한 뒤 한국에 대해 조사했는데, 한국의 군대는 자신들 일본인이 들은 것과는 천양지차, 즉 하늘과 땅만큼이나 큰 차이가 있음을 알게 되었다.

그리고 일본의 우익 정치인들과 정부의 주도하에 정보가 조작이 됐음을 깨달았다.

그 뒤로 와타나베는 일본 정부에 대한 불신이 커졌고, 그래서 정치에 더욱 욕심을 내게 되었다.

얼마 전까지만 해도 와타나베는 정치인과 야쿠자는 사는 세계가 다르다고 생각을 해 왔다.

그리고 그것이 야쿠자들이 권력자들에게 머리를 숙이는 원인이었다.

그런데 실상을 깨닫고 일본의 정치가 야쿠자 세계와 다르지 않음을 알고는 자신의 한계를 규정하지 않게 되었다.

아니, 자신의 가문을 일본의 권력가 가문처럼 정치 가문으로 만들 욕망을 품었다.

그런 야망을 가지게 된 와타나베는 야쿠자로서 밤을 지배하면서 벌어들인 수천억 엔의 자금을 정치권에 풀었다.

이전에도 수억, 수백억 엔을 정치권에 바치기는 했지만, 그건 어디까지나 야쿠자로서 이권을 쟁취하기 위한 상납이었다.

하지만 이번에는 아니었다.

그래서 규합한 세력이 바로 보는 것과 같이 서부 지역의 유력 혹은 권력을 가진 이들이었다.

"현 정부는 너무도 무능한 이들이 권력을 잡고 있어."

이미 분위기는 그가 원하는 쪽으로 흐르고 있었다.

TV를 통해 총리와 그가 임명한 내각이 얼마나 무능하게 국정을 운영하고 있는지 드러났다.

미국의 권고에도 불구하고 총리는 한국과의 전쟁을 감행해 수많은 장병들과 엘리트 인재들을 잃게 만들었다.

뿐만 아니라 적절한 명령으로 장병들을 살린 지휘관은 명령 불복종이란 불명예를 안기며 구금하기까지 이르렀다.

이것만 해도 나카소네 총리와 내각은 총사퇴를 해도 모자를 판에 그들은 꿋꿋하게 자리를 지키고 있었다.

"이대로 가다가는 우리의 기반이 있는 서부는 한국과의 전쟁으로 잿더미가 될 것이야."

와타나베는 이야기를 하면서 이곳에 모인 이들이 잘 들을 수 있게 이들의 기반인 서부 지역이 폐허가 될 수도 있음을 인지시켰다.

그가 이런 말을 하는 이유는 어제 한국과 교전을 벌인 지역 중 하나가 바로 규슈의 후쿠오카 상공이었기 때문이다.

이곳에 모인 이 중 후쿠오카를 기반으로 하는 의원도 있었기에, 이를 언급한 와타나베의 발언은 이들에게 큰 파장을 일으켰다.

제3호위대군이 한국군과의 교전에서 일방적으로 전멸한 것은 사실 이들에게 크게 다가오지 않는 일이었다.

그저 패전을 했다는 것 때문에 기분이 나쁘다 혹은 조금 불안하다 정도의 충격으로 다가왔지만, 후쿠오카 항공전만큼은 아니었다.

그도 그럴 것이, 후쿠오카는 이들의 터전과 너무도 가까운 곳이었기 때문이다.

한국이 마음만 먹으면 얼마든지 자신들이 살고 있는 곳을 초토화시킬 수 있음을 깨달은 이들이 받은 충격은 앞서 설명한 해상자위대 제3호위대군의 전멸과는 다른 충격이었다.

그런 후쿠오카 항공전을 언급한 와타나베 마사히로의 의도는 확실하게 이들에게 각인되었다.

"그러니 우리의 터전을 지키기 위해선 하루라도 빨리 한국과의 전쟁을 중단하고, 사과를 해야 합니다."

웅성웅성!

이번 와타나베 마사히로의 발언은 어떻게 보면 반역 행위나, 매국 행위로 비춰질 수 있는 상당히 강한 말이었다.

하지만 이미 이대로 가다간 자신들의 터전이 폐허가 될 수도 있다는 말을 들은 일본 서부 지역에 기반을 둔 정치인들은 그런 생각이 전혀 들지 않았다.

보이지 않는 곳에서 정확하게 해상자위대 호위대군들이 지나가는 길목을 미리 공격하여 경고를 하는 한국군의 포격을 두 눈으로 직접 보았다.

또 직접적인 교전을 통해 일방적으로 일본 해상자위대와 항공자위대가 격침되고 격추되는 모습도 지켜보았다.

그런 이들이기에 이제 와서 다른 생각이 들 리 없었다.

자신이 살고 또 자신을 지지하는 지역이 살기 위해선 최우선적으로 이번 전쟁을 막아야만 했다.

그러기 위해선 현 정부의 무능함을 국민들에게 알리고, 이번 전쟁의 주체인 총리와 내각을 책임을 물어 총사퇴시켜야 한다는 의견이 모아졌다.

"옳은 말씀입니다."

"총리 때문에 우리가 죽을 수는 없습니다."

"맞아요. 무리한 전쟁으로 많은 젊은이들이 죽었습니

다. 그 책임을 물어야 합니다."

와타나베의 말이 있은 뒤, 여기저기서 총리와 내각을 성토하는 말들이 쏟아졌다.

"그렇습니다. 우리 일본을 바르게 이끌어 가기 위해선 현 나카소네 총리와 내각을 치워야 합니다."

자신의 의도대로 상황이 흘러가자 와타나베 마사히로는 쐐기를 박았다.

"그러기 위해선 일단 현재 구금되어 있는 자위대 지휘관들을 복권시켜야 합니다."

아무리 많은 정치인들을 모았다고는 하지만, 이들은 지방의원들이고 중앙에선 그리 큰 힘을 쓰지 못하는 이들이었다.

하지만 그런 이들이라도 국민의 여론을 이끌고, 구금된 지휘관들을 구한다면 그들을 지지하는 자위대의 지지도 얻어 낼 수 있을 것이었다.

그렇게 모인 힘을 바탕으로 압박을 한다면, 총리나 그가 임명한 내각 관료들이라고 해도 버티지 못하고 물러날 수밖에 없을 것이라 판단했다.

더욱이 지금 상황은 결코 총리와 내각에 유리한 상황이 아니었다.

동해와 규슈 상공에서 벌어진 교전의 결과에 일본 국민들은 크게 분노하고 있었다.

그런데 문제는 그 분노가 전쟁을 벌이고 있는 대한민국이 아닌 현 정부를 향하고 있다는 것이었다.

K—POP을 좋아하고, K—드라마를 시청하며 K—콘텐츠에 열광하는 일본인들이 많아진 현재, 이번 전쟁이 누구의 잘못으로 인해 벌어진 것인지 알고 있는 일본인들은 정부의 호도에 넘어가지 않았다.

물론 아직도 일본 정부의 거짓말에 속아 한국에 분노하는 일본인도 많다.

그렇지만 그런 세뇌에 빠져 편향된 이도 오랜 기간 한국을 경험하고, 일본 정부의 무능을 겪은 일본인들은 이젠 무조건 자국 정치인을 믿기만 하는 이들이 아니게 되었다.

* * *

자정이 넘은 시각, 와타나베 마사히로는 고즈넉한 정원을 쳐다보았다.

잘 정돈된 정원이 조명을 받아 낮과는 다른 정취를 느끼게 해 주었다.

'후후. 좋아, 아주 좋아.'

두 시간 전, 파한 모임을 떠올려 보던 와타나베는 절로 입가에 미소가 지어졌다.

'머지않았어.'

불과 몇 년 되지 않았지만, 와타나베는 자신의 가문을 전통 있는 야쿠자 집안이 아닌 정치권력 가문으로 만들기 원했다.

사람이 모든 것을 가질 수는 없지만, 돈과 힘을 가지게 되면 최종적으로 명예를 가지고 싶어 한다 했던가.

와타나베는 명예는 모르겠지만 현재의 위치에 오르니 더욱 강력한 힘, 즉 권력에 욕심이 생겼다.

그가 이런 생각을 하게 된 게 그가 야쿠자 출신 때문이라 그런지, 아니면 자신이 가진 힘보다 더 강력한 힘에 굴복했다는 자격지심 때문인지는 알 수 없었지만, 그는 밝은 태양 아래의 권력이 탐이 났다.

그래서 일본의 두 명의 밤의 황제 중 하나가 되자 정치에 눈을 돌린 것이다.

그리고 조만간 자신이 원하던 것이 단순히 욕심이 아닌 현실이 될 것이라 믿어 의심치 않았다.

그렇게 와타나베 마사히로가 흠뻑 환희에 취해 있을 때, 급히 그를 찾는 이가 있었다.

"오야붕, 도조입니다."

늦은 시각 자신의 심복이 찾아오자 무슨 일인지 의아한 느낌을 받았다.

"무슨 일이야?

다른 때 같았으며 늦은 시간에 찾아온 것에 대해 나무랐겠지만, 오늘은 그런 느낌이 들지 않았다.

"회장님의 전화입니다."

"뭐? 얼른 가져와."

도조의 대답에 와타나베는 정신이 번쩍 들었다.

그의 입에서 회장님이란 단어가 나왔다는 것은, 단순히 일본에 있는 그룹의 회장을 언급한 것이 아니란 걸 본능적으로 느꼈기 때문이다.

"와타나베 마사히로입니다."

와타나베는 마치 선생님 앞의 학생마냥 바른 자세를 하고 전화를 받았다.

"하이! 알겠습니다. 그리로 가겠습니다."

탁!

무슨 전화인지 내용을 알 수 없었지만, 일본의 밤의 황제인 그가 상급자를 대하듯 바른 자세로 대답을 하는 것은 좀처럼 보기 힘든 모습이었다.

"도조, 나갈 준비를 해라."

"하이!"

그가 먼저 전화를 받았기에 방금 전 자신의 오야붕이 누구와 통화를 한 것인지 잘 알고 있었기에 다른 답은 필요 없었다.

조금 전 와타나베 마사히로가 통화를 한 사람은 바로

  울트라 코리아

수호였다.

고베 한쪽에 자리를 잡고 일본 최대 야쿠자 조직인 야마구치구미와 항전을 하던 방계 두목을 일본의 밤의 황제로 만들어 준 존재인 수호의 전화였기에 그렇게 정중하게 받은 것이다.

*　　　　*　　　　*

몇 시간 전, 와타나베 마시히로가 일본 서부의 정치인들과 회합을 가진 호텔에서는 집으로 돌아갔던 와타나베가 다시 돌아오자 작은 소동이 있었다.

하지만 와타나베는 그런 소동을 뒤로하고 자신을 부른 수호가 있는 펜트하우스로 올라갔다.

척!

"회장님, 와타나베 인사드립니다."

일본 밤의 황제가 되었다고는 하지만, 야쿠자란 것이 어디 가는 것이 아니란 듯 실내로 들어오자마자 수호를 발견하고는 양발을 넓게 벌리고 양손을 허리에 두른 야쿠자식 인사를 하였다.

그가 알고 있는 가장 정중한 인사였기 때문이다.

"하하, 신선하네요. 어서 와요."

마치 동네 아는 사람을 맞이하듯 편한 목소리가 들렸

다.

다른 나라의 깡패나 갱들의 인사와는 다른 일본만의 특이한 문화라 보면 볼수록 신기했다.

"잘되어 가나요?"

수호는 자신의 앞에 앉은 와타나베를 보며 물었다.

그가 추진하고 있는 일이 계획대로 잘되고 있는지 물어본 것이다.

"예. 마침 기회가 좋아 계획대로 진행이 되고 있습니다."

"그래요? 그런데 정부 쪽은 좀 지지부진한 것 같은데⋯⋯."

수호가 이곳 일본까지 날아오는 동안 일본에 발생한 일들을 슬레인을 통해 들었다.

이 정도만 해도 정상적인 정치인이라면 항복을 했을 테지만, 나카소네 총리와 내각은 마치 이번 기회에 일본 자위대를 모두 갈아 넣겠다는 심산인지 아직도 뜻을 굽히지 않고 총동원령을 철회하지 않고 있었다.

뿐만 아니라 자신의 총동원령에 불복해 기수를 돌린 하시모토 제1호위대군 해장보와 제2, 제4 일등 해좌들을 직위 해제하고 함장실이 아닌 사병의 선실에 연금시켜 버렸다.

차라리 함장실에 구금을 시켜 두었다면 약간의 반발

이 있기는 하겠지만 명령 불복종에 대한 처리란 명분이라도 있었을 텐데, 이를 무시하고 바로 불명예를 안긴 것 때문에 이들을 지지하는 하급 간부와 사병들의 불만은 함대 운용을 하지 못할 정도로 심각했다.

자신의 뜻대로 함대를 운용하기 위해 명령에 불복한 함장들을 직위 해제한 것인데, 사병들의 반발이 심해 함대를 운용하지 못하게 되었으니, 나카소네 총리로서도 이는 예상하지 못한 부작용이었다.

아무튼 지금 일본의 흐름은 수호가 예상한 것보다 지지부진한 것은 사실이었다.

그래서 잠깐 일본에 들러 상황을 보고 한국으로 돌아가기 위해 이렇게 와타나베를 부르게 된 것이다.

"내각에 대한 일은 어떻게 된 일이지?"

와타나베는 일전에 수호의 지시를 받고 극우 성향의 내각 관료를 자리에서 물러나게 만들기로 하였다.

그런데 현재 기존 나카소네 내각에서 사고로 자리에서 물러난 인물은 방위성 장관인 도조 다이스케뿐이었다.

고노스케 관방 장관이나, 이시히 신조 법무 장관등이 와타나베의 사주를 받은 야쿠자에게 테러를 당하기는 했지만, 운이 좋게도 깁스를 하는 정도의 부상으로 그쳐 별다른 소득을 얻지 못했다.

만약 다수의 내각 관료들이 테러로 인해 직위 수행이 원활하지 못했다면, 나카소네 총리가 이렇게나 급히 한국과의 전쟁을 벌이지 못했을 것이다.

하지만 내각 관료들이 사고를 당하다 보니 경각심을 느낀 나카소네는 급히 전쟁을 일으켰다.

그게 한국의 입장에선 전화위복이 되었다.

갑자기 전쟁이 발발한 것 때문에 준비를 다 갖추지는 못했지만, 그건 일본 또한 마찬가지였다.

확실한 준비가 갖춰지기 전에 내각 관료들의 연이은 사고에 뭔가 있다고 느낀 나카소네 총리와 일본 내각은 오해를 했다.

한국이 사주하여 자신들의 행보를 늦춘다고 판단한 것이다.

그래서 시간을 주면 피해가 커질 것이라 판단한 나카소네 총리와 내각 관료들은 급히 전쟁을 일으켰다.

이것이 바로 일본이 제3호위대군을 출동시키고, 서부 방면의 항공자위대 전투단을 출격시킨 배경이었다.

그렇게 일본의 돌아가는 상황은 한국 측에 그리 나쁘지 않았다.

하지만 그 진행 속도는 수호의 마음에 들지 않았다.

"총리와 내각의 실책에 대해 더 떠들고, 그들이 숨기고 있는 것을 일본 국민들에게 알려."

"네?"

수호가 하는 말은 와타나베가 감당하기에는 어려운 말들이었다.

그도 그럴 것이, 수호의 말을 이행하기 위해선 총리와 내각 관료들의 실수가 무엇인지, 또 그들이 숨기고 있는 진실이 무엇인지 알아야만 했다.

하지만 그건 아무리 밤의 황제라 불리는 그라고 해도 알 수가 없었다.

일본에서 가장 정보를 잘 다루는 내각조사실이나, 경시청 정보실은 자신의 편이 아닌 총리와 내각의 편이었기 때문이다.

탁!

와타나베의 질문에도 대답을 않던 수호가 커다란 봉투 하나를 그의 앞에 던져 주었다.

'이건 뭐지?'

와타나베가 자신의 앞에 놓인 봉투를 보며 의아한 표정을 하고 있을 때, 수호는 그가 궁금해하는 것을 알려 주었다.

"총리와 내각 관료들의 비리가 적힌 것이야."

'아!'

수호의 설명에 와타나베 마사히로는 급히 자신의 앞에 놓인 봉투를 들어 내용물을 확인했다.

'헉! 이게 사실이야?'

봉투의 내용을 확인한 와타나베 마사히로는 도저히 믿을 수가 없었다.

하지만 믿지 않을 수도 없었다.

그도 그럴 것이, 수호가 가진 정보력은 미국의 CIA를 능가하고 있다는 것을 잘 알고 있었기 때문이다.

자신도 잊고 있던 정보를 다 알고 있고, 그것이 언제 몇 시에 있었다는 것까지 알고 있는 사람이었기에 믿지 않을 수가 없었다.

'이런 놈들이 그동안 거드름을 피우고 우릴 쓰레기처럼 봤다는 건가?'

와타나베는 지금까지 정치인들이 야쿠자들을 어떻게 대우해 왔는지 떠올려 보았다.

봉투 속 비리 내용을 살펴보니 고상한 정치인들이나, 밑바닥의 자신들이나 다른 점이 하나도 없었다.

권력을 이용하느냐, 폭력을 행사하느냐 그 차이뿐이었다.

마음에 드는 여자는 어떤 대가를 주고서라도 취했고, 그런 불법이 외부에 알려질 것 같으면 자신과 같은 야쿠자를 이용하거나, 내각조사실을 이용해 정보 조작 등을 이용해 조용히 처리해 버렸다.

돈에 관해서도 크게 다르지 않았다.

울트라 코리아

자신들이 요구한 것을 들어주지 않을 때는 갖은 명목을 들어 방해를 했고, 경제활동을 하지 못하게 음해하여 결국 항복하게 만들었다.

그래도 말을 듣지 않을 때는 위에서 말한 것처럼 쥐도 새도 모르게 치워 버렸다.

그래 놓고 겉으로는 고상한 척, 국가를 위한 척을 해 온 것이다.

서류의 뒷부분에 적힌 것은 더 놀라웠는데, 국고에 있는 눈먼 돈을 갖은 명목을 들먹이며 빼돌리고 있던 것이다.

대표적으로 재해를 당한 지역에 구호품을 보낸다는 명목하에 예산을 빼돌렸다.

별 쓸모도 없는 종이 침대를 정상 침대 가격으로 구매해 이를 재해 지역에 전달하였다.

또 그들은 방사능 오염으로 인해 인체에 위험한 후쿠시마산 식자재를 일절 사용하지 않으면서 국민들에게는 안전하니 먹어서 응원하자는 구호를 내걸고 국민들에게 후쿠시마산 식자재의 소비를 장려하였다.

그래도 소비가 원하는 만큼 일어나지 않자, 이를 국고에서 비싼 값에 사들여 전국에 유통하고 또 관광객이 많은 곳에 판매하였다.

아무 것도 모르는 외국인은 자신들이 먹는 것이 무엇

인지도 모른 채 방사능에 오염된 식재료로 조리된 음식을 먹었다.

그것이 어떤 일을 초래할지 모르면서 말이다.

인간으로서는 감히 상상도 못 할 일을 일본의 정치인들이 자행하고 있던 것이다.

'우욱!'

봉투 속 서류를 읽던 와타나베는 저도 모르게 구토감이 일었다.

지금의 위치까지 오르기 위해 그동안 피와 범죄로 점철된 수라장을 거쳐 온 그였지만, 도저히 받아들이기 힘든 내용이었다.

"후우, 도저히… 읽는 것만으로도 속이 좋지 않습니다."

절반 정도 내용을 읽은 와타나베는 그것을 내려놓고는 나직이 말을 하였다.

"그렇지? 나도 처음 알고는 깜짝 놀랐어."

수호는 와타나베가 하는 말을 듣고는 자신도 그랬다고 대답하였다.

아니 그렇겠는가.

돈을 갈취하고 마음에 드는 이성을 권력으로, 돈으로 취하는 것은 애들 장난에 불과했다.

자신의 마음에 들지 않는 기업을 권력을 이용해 무너

뜨리는 것도 귀여운 애교 수준이었다.

하지만 전 국민을 기만하고 거짓과 선동을 통해 자신들의 비리를 숨기고 먹어서는 안 될 음식을 먹이고, 그것도 모자라 일본을 좋아해 일본을 찾은 외국인에게 방사능으로 오염된 식품을 먹였다.

그러면서도 일본산 식품은 안전하다고 홍보를 하고 있었다.

유명 연예인들과 방송인들이 정치인들의 말에 속아 후쿠시마산 쌀과 수산물 등을 먹고 방사능 내부 피폭으로 백혈병과 각종 급성 암에 걸렸음에도, 이들을 방송에서 퇴출시키고 계속해서 후쿠시마산 식자재는 안전하다며 홍보했다.

참으로 후안무치한 이들이 아닐 수 없었다.

마음 같아서는 모두 잡아다 그들이 안전하다고 하는 후쿠시마산 식자재로 요리를 하여 삼시 세끼 먹이고 싶은 심정이었다.

'아니지, 가능할지도 모르겠군.'

와타나베는 한참 수호에게 건네받은 비리 자료를 읽은 감상을 성토하다 뒤늦게 떠올렸다.

이 자료와 자신이 규합한 세력을 이용해 정부를 압박하고, 자신의 밑에 있는 부하들을 이용해 지금보다 더 철저하게 내각 관료들에 대한 테러를 한다면, 이번 한국과의 전쟁으로 인해 그 책임에서 벗어날 수 없는 총리와 관료들을 현재의 자리에서 물러나게 만들 수 있을 듯했다.

그렇게만 된다면 조금 전 생각한 것들을 실제로 할 수 있지 않을까 하는 생각이 떠오른 것이다.

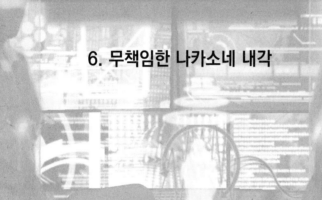

6. 무책임한 나카소네 내각

일본 나카소네 내각은 진퇴양난의 기로에 서 있었다.

나카소네 내각의 상황이 이렇게 급변한 것은 전적으로 이들이 한국과의 전쟁을 선택했고, 미국의 중재에도 불구하고 뜻을 굽히지 않고 억지 주장을 하며 전쟁을 감행하다 1차 교전에서 괴멸적인 패배를 했기 때문이다.

동해와 규슈 상공에서 벌어진 전투는 일본의 일방적인 패배로 끝났다.

이 한 번의 교전으로 일본 자위대 최정예들이 무려 수천 명이 죽거나, 실종되었다.

실종된 자위대원들은 사실상 죽은 것이나 다름이 없었다.

그도 그럴 것이, 당시 상황을 보면 실종자들이 살아 있을 것이라고 믿기 힘들 정도로 일방적이게 전황이 돌아갔으니까.

대함 탄도미사일에 직격이 되고, 주몽급 전투 순양함에서 발사된 230㎜ 함포 공격을 받아 침몰한 군함 속에서 살아 있을 것이란 상상은 전혀 들지 않았다.

그리고 기적적으로 강철 비의 세례 속에서 살아났다고는 하지만, 부상을 입고 육지로부터 100㎞ 이상 떨어진 바다에서 각종 위험으로부터 생존을 한다는 것은 불가능했다.

실제로도 교전이 있은 지 하루가 지났지만, 일본 서부 해안에 떠밀려 오는 것은 파괴된 군함의 장식 일부와 찢긴 자위대원의 시신 조각이 전부였다.

그러다 보니 일본은 난리가 나고 말았다.

화산 폭발과 지진 등 자연재해만으로도 충분히 혼란스러운 일본이었다.

그런데 한국과 전쟁을 벌여 무고한 희생자를 이렇게나 많이 만들었으니, 당연히 정부에 대한 불만의 목소리가 터져 나올 수밖에 없었다.

그리고 그런 국민의 불만에 시위를 당긴 것은 다름

아닌 수호의 사주를 받은 와타나베 마사히로였다.

자신이 구축한 정치 파벌을 이용해 나카소네 내각에 대한 불신 시위를 벌였다.

국내 정치에 대해 무관심하던 일본인이었지만, 자신의 목숨과 재산이 연관되자 관심을 가지지 않을 수가 없었는지, 마른 들판에 불이 번지듯 반정부 시위는 급속히 퍼져 나갔다.

물론 불만 세력의 시위뿐이었다면 어느 정도 들끓다 멈췄을 테지만, 나카소네 내각이 또다시 악수를 두고 말았다.

전쟁을 멈추고 한국에 사과하라는 반정부 시위대를 향해 나카소네 내각은 자신들을 지지하는 극우 세력을 이용해 반정부 시위 반대 시위를 하는 한편, 전쟁 중 정부를 전복하려는 적국의 스파이가 반정부 시위대를 조종한다고 주장하며 스파이 색출이라는 명목하에 반정부 시위대를 강제 진압하였다.

이 때문에 불만은 있었지만 반정부 시위에 가담을 하지 않고 있던 일본인도 결국에 폭발하고 말았다.

그러다 보니 반정부 시위는 더욱 규모가 커져 강경 대응도 쉽게 하지 못하게 되었다.

또 국내 문제도 혼란스러운 와중 동맹인 미국에서도 경고가 날아왔다.

자신들의 경고에도 불구하고 억지로 한국과 전쟁을 벌이다 동북아 안보 체계를 위협하게 만든 일본을 더 이상 정상적인 국가로, 그리고 동맹으로 인정할 수 없다는 것이었다.

이러한 미국의 경고에 그제서야 나카소네 총리와 내각 관료들은 긴장을 하기 시작했다.

반정부 시위를 벌이는 이들이야 어차피 조금만 시간이 흐르면 지쳐 해산을 할 테지만, 미국은 자신들로도 어떻게 손을 쓸 수가 없는 상대였다.

더욱이 미국의 이런 경고는 단순한 경고가 아님을 알려 주듯 오키나와에 주둔을 하고 있는 주일 미군의 움직임이 심상치 않았다.

그 때문에 일본 정부는 어떻게 해야 할지 판단이 서질 않았다.

한편 대한민국은 이런 일본의 상황을 적절히 이용하기 위해 일본 정부에 항복을 권했다.

이는 직접적으로 전달하지 않고 주한 미군을 통해 전달을 했다.

대한민국 정부가 직접 항복 권유 서한을 통보하지 않고 주한민국을 통해 전달한 것은 일본에 대한민국은 아직도 미국과 함께하고 있지만, 너희는 그러지 못하지라는 메시지를 담아 보낸 것이다.

그리고 이러한 대한민국 정부의 의도는 일본 정부에 제대로 전달되었다.

한국의 항복 권유 서한을 전달한 미국은 그와 함께 경고도 함께했기 때문이다.

※   ※   ※

"이거 어쩌면 좋지?"

나카소네 총리는 굳은 표정으로 내각 회의를 소집하여 자리한 관료들에게 물었다.

국민의 반정부 시위야 그냥 넘기면 되지만, 미국의 경고를 결코 시간에만 맡겨 둘 순 없는 문제였다.

더욱이 그들이 전달한 한국의 항복 권유 서한은 정말이지 나카소네 총리에게 굴욕적인 일이 아닐 수 없었다.

그나마 어제 한 차례 교전 이후 한국군의 공격이 멈췄기에 이런 논의를 할 수 있어 다행이었다.

만약 그렇지 않고 계속해서 공격을 했다면, 일본은 또다시 본토가 적국에 의해 유린이 되는 상황이 벌어질 수 있었기 때문이다.

"현실을 외면하지 마십시오, 총리!"

나가토 외무상은 회의 때마다 자신의 말을 무시하는

나카소네 총리를 보며 말했다.

이미 문제의 해결책은 단 하나뿐이었다.

정답을 앞에 두고도 나카소네 총리와 그를 지지하는 관료들은 없는 답을 찾으려 하고 있었다.

그것이 얼마나 어이없는 일인지 알지 못한 채 귀중한 시간을 낭비하고 있는 중이었다.

그리고 이를 지켜보는 나가토 외무상은 속이 타들어 갔다.

'제길, 이대로 가면 일본은 잃을 것이 더욱 많아질 뿐 인데…….'

나가토 외무상이 이렇게 총리인 나카소네와 척을 지면서 전쟁을 중단하고 한국에 항복을 해야 한다고 주장하는 것은 최대한 전쟁배상금을 줄이기 위해서였다.

국고는 이미 바닥을 드러낸 지 오래.

그것을 역대 총리들이 회계 조작을 하여 숨기고 있었지만, 이제는 그것도 한계에 봉착한 상태였다.

그래서 그것을 만회하고자 한국을 상대로 전쟁을 벌인 것이다.

중국과의 전쟁을 끝낸 지 얼마 되지 않았기에 충분히 자신들이 승리할 수 있다는 생각에서 전쟁을 선택했는데, 그것이 일본에게 치명적으로 작용했다.

한국은 세계 군사력 순위 3위인 중국과의 전쟁에 승

리를 했으면서도, 자신들 일본과 전쟁을 수행할 수 있는 여력을 남겨 두었다.

이런 사실을 알지 못한 일본의 실수였다.

"이, 이 매국노 자식! 지금 그게 총리에게 할 말인가!"

나가토 외무상의 발언에 자리에서 벌떡 일어난 고노스케 관방 장관이 소리쳤다.

현재 그는 교통사고를 당해 깁스를 한 상태였지만, 상황이 상황이다 보니 회의에 참석하였다.

그러고 보니 현재 나카소네 총리가 소집한 회의에는 일부 친 총리파 관료들이 다수 빠져 있었다.

갑작스러운 사고로 인해 참석을 못한 것이다.

뭔가 부자연스러운 모양새였지만, 현재 그런 것을 떠올릴 정신이 없는 총리 이하 내각 관료들은 이러한 점을 인지하지 못하고 있었다.

나가토 외무상의 발언 이후 회의장은 순식간에 아수라장이 되어 버렸다.

친 총리파와 나가토 외무상을 지지하는 소장파에 속하는 소수의 관료들이 충돌을 하다 보니 대책을 세우기 위해 소집된 회의는 원래 취지는 어디로 가고, 각 파벌 간의 세력 싸움으로 변질되었다.

그러던 때, 누군가 회의실 문을 열고 들어와 나카소

네 총리의 귀에 귓속말을 하고 나갔다.

"일왕께서 부르십니다."

비록 일본의 일왕은 권력이 아닌 상징적인 존재였지만, 그의 말을 마냥 무시할 수는 없었다.

그도 그럴 것이, 총리를 임명하는 것이 일본의 상징적인 존재인 일왕이기 때문이다.

'젠장.'

나카소네 총리로서는 결코 마주하고 싶지 않은 상황까지 오고 말았다.

*　　　*　　　*

고쿄(황거)의 한 실내에 장년의 사내가 굳은 표정으로 앉아 있었다.

그리고 그의 앞에 나카소네 총리가 긴장된 표정으로 서 있었는데, 그 모습은 마치 선생님에게 혼나기 직전의 학생과 같은 모습이었다.

"총리!"

나루히토 일왕은 조용히 나카소네 총리를 불렀다.

그러자 나카소네 총리는 긴장이 역력한 표정으로 대답을 하였다.

"하이!"

바짝 긴장한 나카소네 총리의 대답은 즉각 터져 나왔다.

하지만 이를 지켜보고 있는 일왕의 표정은 좀처럼 펴지지 않았다.

"제가 할아버지처럼 굴욕적이게 방송에 나가야 하는 것입니까?"

나루히토 일왕은 그의 아버지 아키히토 선왕에게서 전해들은 이야기가 있었다.

그것은 다름 아닌 2차 세계대전의 발발과 패전, 그리고 그 과정에서 당시 일왕이던 할아버지 히로히토가 겪은 굴욕을 말이다.

당시 전쟁을 일으킨 것도 지금의 내각 역할을 하던 대본영의 대신들이었고, 일본 본토에 원자폭탄이 떨어지기 전에 미국에 항복을 하려는 것을 막아선 것도 대본영의 대신들이었다.

그런데 정작 항복을 할 때 할아버지 히로히토에게 대국민 연설을 하게 만든 것도 대신들이었다.

그래서 지금 자신에게 제대로 알리지도 않고 다른 나라와 전쟁을 벌인 것에 대해 물었다.

자신의 할아버지가 그런 것처럼 내가 국민들 앞에서 항복 선언문을 읽어야 하냐는 질책이었다.

그런 나루히토 일왕의 물음에 나카소네 총리는 등 뒤

로 식은땀을 흘렸다.

'젠장······.'

이런 일이 있을 것 같아 관료 회의에서 그렇게 대책을 마련하기 위해 노력을 했다.

하지만 회의에서 나온 해결책은 아무것도 없었다.

"왜 아무런 말이 없습니까?"

아무런 대답을 하지 못하고 있는 나카소네 총리의 모습에 나루히토 일왕의 목소리가 커졌다.

2차 세계대전 이후, 아니, 그 전부터 일왕의 권한은 점점 줄어들어 이제는 유명무실해진 상황.

그러면서도 일본 정부는 무슨 큰일이 있을 때면 자신을 찾아와 대신 처리해 달라고 했다.

해 주는 것도 없으면서 영국 왕실이 그런 것처럼 대외적인 역할을 해 주길 원했다.

이번만 해도 그랬다.

전쟁이란 악수를 둔 것은 그들이면서 그 혼란이 자신의 귀에 들어올 때까지 무능하게 자리만 지키고 있었다.

나루히토는 도저히 참을 수가 없었다.

일을 벌였으면 응당 그 책임을 다해야 하는 것이 기본인데, 이렇게 문제를 크게 벌여 혼란이 일어났음에도 자리만 지키고 있는 총리와 내각의 모습에 화가 났다.

"무엇 때문에 미국이 막았음에도 한국과 전쟁을 벌인 겁니까?"

자신의 말에도 아무런 대꾸도 없이 묵묵히 듣고만 있는 나카소네 총리의 모습에 갑자기 궁금해졌다.

미국이 막아섰음에도 총리가 내각 관료들이 한국과 전쟁을 벌인 그 이유가 말이다.

그래서 물었다.

무엇 때문에 한국과 전쟁을 벌일 수밖에 없었는지 그것이 궁금했다.

그런 나루히토 일왕의 질문에 순간 나카소네 총리는 당황했다.

'어떤 대답이 듣고 싶은 거지?'

순간, 나카소네 총리는 무엇 때문에 그런 질문을 하는 것인지 그 의도를 알 수가 없어 잠시 머뭇거렸다.

그런 나카소네 총리의 모습에 나루히토는 다시 한번 차분하게 물었다.

"정말로 궁금해 그런 것이니, 숨김없이 이야기해 주길 바랍니다."

조금 전까지 불같이 화를 내다 차분하게 물어보는 나루히토 일왕의 말에 나카소네 총리는 조심스럽게 이야기를 꺼냈다.

"국고가 비었습니다."

나카소네 총리의 입에서 전혀 예상치 못한, 이번 전쟁의 배경이 흘러나왔다.

"국고가 비어요? 그게 무슨……."

하지만 이를 듣고 있는 나루히토 일왕의 머리로는 좀처럼 이해가 가지 않아 되물었다.

하지만 곧 그 말의 뜻을 깨달은 나루히토 일왕은 하던 말을 멈추고 나카소네 총리를 노려보았다.

"아니, 어떻게 우리 일본이… 한때는 세계 최강 미국을 능가하던 경제 대국 일본이… 허허."

사람이 너무 놀라면 말을 제대로 하지 못하는 것처럼 나루히토는 제대로 말을 잊지 못하고 떠듬떠듬 말을 이어 갔다.

그렇지만 그 말도 제대로 다하지 못하고 결국 허탈한 헛웃음만 흘렸다.

그런 일왕의 모습에 나카소네 총리는 창피해 쥐구멍에 들어가고 싶은 심정이었다.

하지만 그렇다고 이번 사태에 원인이 자신에게 있다고는 생각하지 않았다.

국고가 빈 것은 어제오늘의 일이 아니었기 때문이다.

자신이 총리의 자리에 오르기 전부터 국고는 고갈되어 있었다.

하지만 그가 인정하지 않고 있으나, 그 또한 일본이

이 지경에 이르는데 일조한 것이 맞았다.

경제 침체로 예산이 부족한 것은 사실이었지만, 나카소네 총리나 내각 관료들이 국정 예산을 제대로 집행을 했다면 국고가 이렇게까지 바닥을 보이지는 않았을 것이다.

화산이 폭발하고 지진으로 인해 피해가 발생했음에도 일본 정부는 제대로 된 대책을 세우지 않았다.

뿐만 아니라 그들 또한 국가 예산을 빼돌리는 데에 앞장섰다.

그동안 총리와 관료들이 행해 오던 관행이었기에 아무런 죄책감 없이 벌어진 일이었다.

그러다가 해결책이 보이지 않자 급기야 전쟁을 일으킨 것이다.

그래야 혼란 중 자신의 실책이 덮일 것이라 생각했기 때문이다.

즉, 이번 한국과의 전쟁은 전적으로 자신의 실책을 덮기 위한 나카소네 총리와 관료들의 합작품인 것이다.

국민이 정치에 관심이 없어 하나의 당이 오랜 기간 독재 아닌 장기 집권을 하다 보니 발생한 일이었다.

거짓이 계속되면 진실이 된다는 일본의 말이 있듯, 나카소네 총리는 거짓으로 점철된 역대 총리들의 비리를 이어받아 똑같이 행동하다 감당이 되지 않을 정도로 일이 커지자 전쟁으로 모든 것을 덮으려 한 것이다.

하지만 그게 뜻대로 되지 않아 지금에 이르렀다는 것을 인정하고 싶지 않았다.

거듭해서 진실을 외면한 결과가 현재란 것을 인식하지 못하고 지금도 외면하는 중이었다.

*   *   *

일본 총리를 비롯한 내각 관료들이 총리 관저 앞에 나와 고개를 숙이고 있었다.

찰칵! 찰칵!

좌라라라!

번쩍! 번쩍!

그런 총리와 관료들의 모습을 기자들이 카메라로 찍고, 방송용 카메라로 촬영하고 있었다.

"총리님, 이게 사실입니까?"

마이크를 잡은 기자가 큰 목소리로 고개를 숙이고 있는 나카소네 총리를 보며 물었다.

아직 한국과의 전쟁이 끝나지 않았음에도 들끓는 여론으로 인해 나카소네 총리를 비롯한 내각은 현 시간부로 총사퇴한다는 기자회견을 하는 중이었다.

이 때문에 일각에선 나카소네 총리의 무책임한 행동

이라며 원색적인 비난을 하는가 하면, 일부에서는 사태를 이렇게까지 끌고 간 나카소네 총리와 내각 관료들에 대해 테러를 하겠다며 공공연하게 떠들고 있었다.

이렇게 일본 내 여론이 한 치 앞을 볼 수 없을 정도로 혼란의 도가니로 빠져들자, 정작 한국은 전쟁을 멈추고 일본의 상황을 지켜보기로 했다.

그렇다고 해서 한국 정부가 아예 정신 줄을 놓고 일본만 쳐다보는 것은 아니었다.

서해의 2함대나, 동해의 1함대의 경우, 중국과 일본 혹은 러시아 해군의 움직임을 주시하느라 경계 작전을 펼치고 있었으며, 남해의 3함대와 기동함대는 일본 규슈 지역에 함포 사격할 수 있는 거리까지 내려와 대기하고 있는 중이었다.

중국이나 러시아의 경우 아무리 현재 관계가 괜찮다 하지만, 일본의 경우에서 볼 수 있듯 언제든 빈틈을 보이면 대한민국을 상대로 무력 도발을 할 수도 있기에 경계하는 것이다.

특히나 현재 내전 양상으로 흐르고 있는 중국은 다른 나라보다 더 신경 써야 했다.

국내 문제를 해결하기 위해 문제의 해결책을 외부에서 찾을 수도 있었기 때문이다.

얼마 전까지 전쟁을 벌이던 사이이니 더욱 그럴 수

있었다.

물론 패전을 한 경험이 있어 대한민국 국군이 강하다는 것을 잘 알고 있기에, 대한민국에 도발을 하기보단 자신들이 전쟁을 하고 있을 때 빈집 털이를 한 중화연방을 상대로 도발을 할 확률이 더 높았다.

국제사회에서 빈틈을 보인다면 어떤 일이 벌어질지 모르는 일이기에 대한민국 국군은 이러한 빈틈을 보이지 않으려 일본과 전쟁 중임에도 함대를 빼지 않았다.

남해에 배치된 3함대와 최강의 전단인 기동함대는 유사시 중국의 남부로 기수를 돌릴 수 있게 배치를 한 것이다.

아무튼 일본은 전쟁 중 초유의 사태로 인해 혼란이 불가피해졌다.

전쟁이란 이슈만으로도 혼란스러운 가운데, 총리와 내각 관료들의 비리 스캔들은 일본을 혼란의 도가니로 빠뜨리기에 충분했다.

"어서 말씀해 주십시오. 이게 사실입니까?"

질문을 하던 기자는 급기야 자신이 들고 있는 스마트폰으로 동영상을 틀며 소리쳤다.

그런데 그 동영상에는 얼마 전 시위대에 의해 폭행을 당해 병원에 입원한 미나모토 재무상의 모습이 보였다.

미나모토 재무상이 누군가를 만나 연신 고개를 숙이

고 있었으며, 그런 미나모토 재무상의 인사를 받는 이는 무척이나 인자한 표정으로 그의 어깨를 두드리고 있었다.

언뜻 보면 미나모토 재무상의 인사를 받고 있는 인물이 그보다 훨씬 직위가 높은 고위 인사로 보이지만, 재무상인 그보다 직위가 높은 사람은 현재 일본에서 총리대신인 나카소네 한 사람이었다.

그 외 다른 관료들과는 수평적인 관계일 뿐이다.

즉, 그가 인사를 하고 있는 인물은 나카소네 총리가 아니었기에 그러한 인사를 할 필요가 없었다.

그럼에도 그렇게 비굴하게 인사를 하는 모습이 하루 이틀 한 게 아니라는 것을 알 수 있었다.

일국의 관료가 무엇 때문에 일반인을 상대로 그러한 과례를 보이고 있는지 일본 국민은 이해할 수가 없었다.

하지만 미나모토 재무상의 인사를 받고 있는 인물의 정체를 알고 있는 이들은 인상을 찌푸릴 수밖에 없었다.

그도 그럴 것이, 영상 속 인물은 바로 전전 일본 총리인 가베의 형이었기 때문이다.

비록 일반인이기는 하지만, 일본 최고의 정치 가문이자, 수상을 두 명이나 배출한 가문의 사람이었다.

가베 전 수상 때에도 그는 각종 이권 사업에 끼어들어 천문학적인 돈을 번 사람이었다.

그런데 이상한 것은 동생인 가베가 정치권에서 물러났음에도 아직도 영상 속에서처럼 고위 관료의 인사까지 받을 정도로 권력을 가졌는지 의문이 들었다.

그래서 이를 의심하는 사람들이 들고 일어난 것이다.

자신들이 모르는 또 다른 담합이 이뤄지고 있는지 그것을 알아내기 위해서였다.

누가 퍼뜨린 것인지 알 수는 없지만, 현 나카소네 총리와 영상 속 인물의 커넥션 내용과 그로 인해 바닥을 드러낸 국고의 현황 등이 인터넷에 퍼졌다.

그러다 보니 전쟁 반대 시위와 별개로 내각 불신 시위 또한 전국적으로 번졌다.

전쟁 반대 시위만으로도 나카소네 내각은 사면초가에 직면해 있었는데, 이런 비리와 숨기고 있던 현실이 국민들에게 까발려지자 더 이상 외면하지 못하고 나카소네 총리는 급기야 총사퇴 결정을 내린 것이다.

*   *   *

일본 총리와 내각의 총사퇴는 전격적으로 일어났다.

그 때문에 국내 언론은 물론이고, 외신들까지 집결하

여 이를 송출했다.

[한국과 전쟁을 일으킨 나카소네 일본 총리와 내각은 이번에 밝혀진 스캔들로 인해 책임을 지고 총사퇴를 한다고 발표하였습니다. 하지만……]

TV에서 긴급 속보로 보도가 되는 일본발 내각 총사퇴에 관한 뉴스가 송출이 되고 있었다.

'허!'

슬레인의 부름에 하던 연구를 중단하고 TV를 보던 수호는 속으로 깜짝 놀랐다.

설마 한 나라의 총리와 관료들이 이렇게나 무책임할지 예상치 못했기 때문이다.

일반적인 상황에서 스캔들이 터져 사퇴를 하는 것이라면 그럴 수도 있었다.

하지만 지금 상황이 어떤가.

바로 국가적인 위기 상황이라 할 수 있는 전시 상황이었다.

그것도 그들이 주축으로 하여서 일어난 전쟁이었다.

그렇다면 그것을 해결을 하고 총사퇴를 해야 하는 것이 맞았다.

그런데 지금 나카소네와 그가 임명한 내각 관료들은

이러한 기본적인 의무도 하지 않고, 그저 스캔들이 밝혀진 것에 대해서만 책임을 진다며 총사퇴를 감행한 것이다.

이러한 모습들을 보면 저들이 얼마나 무책임하고 후 안무치한 이들인지 알 수 있었다.

"와, 저게 사람이 맞아?"

수호는 TV를 보다 말고 저도 모르게 큰 목소리로 소리쳤다.

그도 그럴 것이, 그의 상식으로는 도저히 저들의 행동을 이해할 수 없었기 때문이다.

"저들도 어쩔 수 없었을 것입니다."

슬레인은 TV를 보며 흥분하는 수호를 보며 위로를 하듯 그렇게 이야기를 했다.

아무리 그렇다지만, 저들은 한 나라를 이끌어 가는 지도자들이었다.

나라의 경제와 교육은 물론이고, 국방까지 모든 전반을 기획하고 국민을 이끌어 가는 존재가 바로 정치인이다.

그런데 저들은 국민을 선도하는 것이 아니라 자신의 이득을 위해 국정을 등한시하고, 아니, 이윤 추구만 하고 그것이 밝혀질 것이 두려워 타국과 전쟁을 감행했다.

뿐만 아니라 그로 인해 많은 사상자가 발생했음에도 정신을 차리지 않고 엉뚱한 곳에서 자신들의 잘못이 밝혀지자, 문제를 해결하려는 노력도 없이 바로 자리에서 물러나겠다며 책임 회피하고 있었다.

"아무리 그렇다고 해도, 지들이 일으킨 전쟁은 마무리를 하고 사퇴를 해야 하는 게 맞지 않아?"

너무도 어처구니가 없다 보니 수호는 눈만 깜빡거리며 슬레인에게 물었다.

"그런 머리가 있었다면 마스터가 있는 대한민국과 전쟁을 벌이지도 않았을 것입니다."

"음, 그렇긴 하겠다."

슬레인을 이야기를 듣다 보니 그도 그랬다.

세계 군사력 순위 3위의 중국과의 전쟁에서 일방적으로 승리를 거머쥔 대한민국을 상대로 전쟁을 벌이려고 했다는 것 자체가 일본 정부의 실책이었다.

아무리 기존 평가가 한국보다 일본이 한 단계 우위에 있다고는 하지만, 그것은 그저 외부에서 보는 평가일 뿐이었다.

실질적인 군사력이라고 평가하기에는 보이지 않는 요인이 너무도 많았다.

그럼에도 일본 정부는 그것이 절대적인 양 신봉을 하고 대한민국과 전쟁을 벌였다.

40년 가까이 계속된 경제 침체와 비리로 인해 발생한 재정 악화를 만회하기 위해 나카소네 총리와 내각은 넘어서는 안 될 최후의 선을 넘어 버렸다.

참으로 근시안적인 사고가 아닐 수 없었다.

"그런데 그 동영상이 이렇게까지 해야 할 정도로 치명적이었어?"

수호는 도저히 물어보지 않을 수 없었다.

사실 나카소네 총리와 내각의 비리를 일본 언론에 알린 이는 바로 수호였다.

정확하게는 수호가 만들어 정치에 야망을 드러낸 와타나베 마사히로에게 전달한 것을 그가 일본 언론에 공개한 것이다.

원래라면 이러한 것이 통하지 않았겠지만, 와타나베는 자신이 장악한 서부 지역에 총리와 내각의 비리가 담긴 동영상을 공개했다.

그러던 것이 종전 반대 시위와 함께 전국적으로 번진 것이다.

정치에 관심이 없는 일본의 젊은이들이지만, 인터넷만큼은 관심이 많은 게 일본의 청소년들이었다.

그렇다면 그다음은 빤한 것이었다.

이미 일은 벌어졌고, 판은 벌어졌다.

그리고 비리가 담긴 동영상은 급속하게 일본 전국으

로 퍼져 나갔으며, 일본 내뿐만 아니라 지구상 모든 나라로 퍼졌다.

인터넷은 바다와 산과 같은 지형에 영향을 받지 않고, 거리에 한계를 두지 않기에 퍼지는 속도는 순식간이었다.

그러다 보니 그동안 일본 정부가 일본인뿐만 아니라 전 세계를 상대로 사기를 쳤던 것들이 만천하에 드러났다.

이에 가장 먼저 일본의 동맹인 미국이 경고하고 나섰다.

수출 금지 품목을 러시아와 중국에 판매한 것은 물론이고, 미국의 전략물자를 몰래 빼돌린 것이 드러났기 때문이다.

뿐만 아니라 환경 평가서도 조작하여 후쿠시마와 인근 지역의 방사능 오염 수치를 속였고, 폭발한 원자로를 식히기 위해 사용한 오염수를 태평양에 방류하기까지 했다.

이는 미국 입장에서 무척이나 심각한 문제가 아닐 수 없었다.

그도 그럴 것이, 태평양은 미국의 수산물 생산에 많은 부분을 차지하고 있었기 때문이다.

특히나 베링해는 미국의 전 지역에 게를 공급하고 있

어 중요한 지역이었다.

그런데 베링해는 일본 후쿠시마와 가까운 위치에 있었다.

그렇다는 것은 베링해에 일본이 방류한 오염수가 흘러 들어갔을 가능성이 무척이나 높다는 뜻이다.

그 말은 미국인 대부분이 방사능 오염수에 오염된 게를 섭취했음을 말할 수 있었다.

미국은 다른 것을 떠나 자신들을 속였다는 것에 분노하였다.

이에 한국과 일본의 전쟁에 중립을 지키겠다던 선언을 번복하고 한국을 지지하겠다고 천명했다.

한국이 받아 주겠다고 하면, 한국과 연합도 불사하겠다고 선언했다.

물론 다 이긴 전쟁에 굳이 미국을 끌어들일 생각이 없는 대한민국 정부는 이에 대해서 정중히 거절의 의사를 표했다.

물론 미국의 이런 이야기를 가볍게 생각한 것은 아니었다.

하지만 이미 승전을 한 것이나 다름이 없는 상황에서 파이를 나누는 것은 그리 좋은 생각이 아니란 판단에 정중히 거절한 것이다.

그렇지 않아도 전쟁이 끝나면 일본에 받아야 할 배상

금의 30%를 주기로 하였다.

거기서 또 나눠야 한다면 전쟁은 대한민국이 하고 돈은 미국이 벌어 가는 일이 벌어지는 것이었다.

·

7. 미래를 위한 포석을 깔다

일본이 나카소네 총리와 내각이 총사퇴하며 더욱 혼란에 빠져들 때, 대한민국은 그 어느 때보다 축제 분위기가 되어 갔다.

  그도 그럴 것이, 얼마 전 세계 군사력 순위 3위인 중국과의 전쟁에서 승전을 했다고는 하지만, 한국인들 마음속에는 중국 정도야 하는 조금은 폄하하는 마음이 없지 않았다.

  하지만 일본과 전쟁을 한다고 했을 때만 해도 중국과의 전쟁과는 또 다른 의미로 다가왔다.

  그 이유는 중국은 한때 대한민국보다 못살던 낙후된

나라라는 이미지가 있었지만, 일본은 오래전 일제 강점기 때부터 한국보다는 잘사는 선진국이란 이미지가 있었기 때문이다.

세계 군사력 평가 기관의 객관적 군사력 평가 보고가 일본보다는 중국이 두 단계나 더 높게 측정이 되어 있었지만, 한국인들이 생각하는 강대국의 이미지는 중국보다는 일본 쪽이었다.

그런데 일본과의 전쟁에서 대한민국 국군이 압도적인 승전을 하면서, 한국인들은 가슴 깊은 곳에 간직하고 있던 열등감을 떨칠 수 있게 되었다.

그러다 보니 한국인들은 아직 전쟁이 끝나지 않았음에도 거리에 나와 국군의 우수한 전과에 찬사를 보내고, 또 정부의 지도력에 감탄을 하였다.

또한 이번 일본과의 전투에서 혁혁한 공을 세운 공중순양함과 공중호위함, 그리고 해군의 신형 전투순양함의 위력에 깜짝 놀랐다.

그리고 대한민국 육군 포병대의 위력에 경악을 금치 못했다.

일각에서는 바다에 헛되이 포탄을 허비했다고 질타를 하는 이들이 있기는 했지만, 대부분의 한국인들은 포병대가 일본 해상자위대 호위대군 함대들을 향해 경고사격을 하여 인명 피해를 줄인 것에 대해 칭찬을 아끼지 않았다.

비록 해상자위대가 적이기는 하지만, 제3호위대군과 그들을 지원하기 위해 출동을 했던 지방함대가 봉왕 1호와 전투순양함 세 척이 발사한 탄도미사일과 함포 공격에 손도 써 보지 못하고 일방적으로 두들겨 맞다 격침이 되었다.

전투란 것이 어느 정도 균형이 맞아야 적에 대한 분노와 투지를 불태울 것인데, 이것은 애초에 유치원생과 성인 어른과의 싸움이나 마찬가지일 정도로 일방적이었다.

그러다 보니 아무리 국군의 우수한 전투력으로 적을 물리친 것일지라도 침몰하는 군함에 타고 있던 일본인들에 대한 안타까움이 피어날 수밖에 없었다.

전쟁을 일으킨 것은 일본의 정치인들인데, 희생을 당하는 이들은 그들의 명령 때문에 어쩔 수 없이 출동한 자위대 대원들이라는 생각이 들면서 미안해진 것이다.

물론 상황이 반대가 되었다고 해서 일본 국민이 한국인들과 같은 생각을 할 것이라고는 볼 수 없겠지만, 어찌 되었든 불쌍하다는 생각이 드는 것은 당연했다.

그렇기에 더 이상의 희생자가 나오지 않게 경고사격을 하였고, 이 뜻이 잘 전달되었는지 출동을 하던 해상자위대 호위대군들이 퇴각을 한 것을 두고 일본인들은 군인 정신이 없다고 질타를 하지만, 한국인들은 그렇게 생각하지 않았다.

물러나는 것도 용기가 있어야 할 수 있는 판단이라며, 그러한 판단을 한 일본 자위대 지휘관들에 대해 찬사를 보냈다.

이런 이유로 한국은 연일 축제 분위기인데 반해, 일본은 그와 반대로 암울한 분위기 속에서 반정부 시위와 친정부 시위대 간의 충돌이 벌어지면서 혼란의 도가니에 빠져들었다.

*　　　　*　　　　*

"더 이상 기존 정치인들을 믿을 수 없다. 우리는 새로운 인물을 원한다!"

반정부 시위대 안에서 기존 정치인들에 대한 불신 구호가 터져 나왔다.

"우리 일본은 평화 헌법을 수호하여 평화를 쟁취해야 한다!"

전쟁을 힐책한 정부 인사들에 대한 성토와 전쟁을 반대하는 평화 헌법을 수호하는 단체를 만들겠다는 구호가 울려 퍼졌다.

"우리는 평화를 원한다!"

"평화를 원한다!"

선두에서 평화를 원한다는 구호가 나오면, 뒤에서 따르는 시위대가 평화를 원한다며 복창을 하였다.

반정부 평화 시위가 시작된 때는 이틀 전 규슈 북부 후쿠오카 상공 전투가 벌어진 뒤 몇 시간이 지나지 않고부터였다.

전투가 끝나고 일방적으로 항공자위대 소속 전투기들이 격추가 된 뒤로, 전쟁 초반 정부의 자신감에 고무되었던 분위기는 온데간데없고 전쟁에 대한 공포만이 규슈 사람들의 마음속에 피어났다.

그 때문에 규슈 사람들은 전투가 끝나기 무섭게 누가 선동한 것처럼 반전시위를 벌이기 시작했다.

물론 누군가 은밀하게 선동한 것이 맞았다.

한국은 국정원 요원을 파견해 일본인들 속에서 반전시위를 일으키게 하면서 적정을 분열시키는 행위를 하였는데, 이것이 제대로 들어맞았다.

만약 상황이 반대였다면 이게 먹히지 않았겠지만, 일본 정부의 자신감과 정반대로 그들이 자랑하던 자위대의 현실이 만천하에 드러났고, 그들의 생각과는 너무도 달랐다.

일방적으로 승리를 할 것이라던 자위대는 한국군의 공격에 속속 격추가 되는 반면, 한국군은 한 치의 피해도 받지 않았다.

그러한 현실을 목격하다 보니, 한국의 의도대로 규슈 사람들은 일본 정부에 대한 부정과 전쟁 반대를 외치며 밖으로 뛰쳐나왔다.

그도 그럴 것이, 규슈 상공에서 격추된 전투기 조종 사들 중 대부분이 규슈에 적을 두고 있는 이들이기 때문이다.

즉, 그 가족들이 자신들의 아버지 혹은 남편이나, 아들이었기에, 혹시나 확전이 되면 더 많은 자식과 남편 등의 가족들이 희생이 될 수도 있기에 밖으로 나온 것이다.

그렇게 시작된 반전시위는 나카소네 총리와 내각 관료들의 비리가 담긴 동영상이 인터넷에 퍼지면서 절정을 맞이했다.

누가 어떤 목적으로 그러한 동영상을 인터넷에 올린 것인지 알 수 없었지만, 동영상은 너무도 선명해 동영상 속 본인들도 인정할 수밖에 없었다.

날짜와 시간까지 정확히 적혀 있으며, 어떤 목적으로 그들이 모였는지 대화 내용이 너무도 적나라하게 드러났다.

시위대가 잘 보이는 빌딩 사무실.

그곳에서 시위대를 지켜보는 이들이 있었다.

"진행은 잘되고 있는 것이지?"

와타나베 마사히로는 시위대가 행진을 하고 있는 시가지를 내려다보며 물었다.

"물론입니다. 현재 시위대는 무척이나 화가 나 있는 상태입니다."

"그렇겠지. 저들 중에는 이번 전투로 희생된 항공자위대 전투기 조종사들의 가족도 있을 테니."

와타나베 마사히로는 눈을 반짝이며 중얼거렸다.

그랬다.

반전 시위대의 규모가 이렇게 빠른 속도로 커질 수 있던 배경에는 한국과 와타나베 마사히로의 지원이 있었기 때문이다.

그러다 보니 시위대는 시간이 갈수록 점점 거대해져 갔고, 그와 반대로 친위 시위를 나섰던 이들은 오히려 이런 여론에 밀려 수가 점점 줄어들고 있는 중이었다.

더욱이 친정부 시위대의 규모를 줄어들게 만든 것은 바로 정부 관료들의 비리가 담긴 영상이었다.

국고를 자신들의 쌈짓돈마냥 가져다 쓰는 그들의 행동은 아무리 그들을 지지하는 입장이라 하지만, 받아들이기 힘든 일일 수밖에 없었다.

자신들이 낸 세금을 마음대로 가져다 쓰는 정치인들의 모습은 만약 그들이 자신들의 눈앞에 보이기만 하면

때려죽이고 싶을 정도로 이가 갈렸다.

그러다 보니 친위 시위를 나섰던 이들 중 많은 숫자가 반정부 시위대에 합류하기에 이르렀다.

이런 분위기가 무르익어 가자, 와타나베 마사히로가 드디어 본격적으로 움직이려고 했다.

"정당 선포는 언제 하기로 했나?"

분위기가 무르익어 감을 느낀 와타나베는 정당 선포를 언제 할 것인지 물었다.

이에 조금 전까지 대답을 하던 준이치 켄은 잠시 주변을 살피다 조심스레 대답을 하였다.

"두 시간 뒤, 나카야마 의원을 필두로 아키야마 세이주로 의원, 토모히사, 벤쥬로, 기타야마 의원을 포함한 스무 여 명의 의원들이 평화수호당 설립을 선포할 예정입니다."

평화수호당은 고베 야마구치구미의 오야붕인 와타나베 마사히로가 일찍이 준비하던 정당이었다.

와타나베가 야망을 이루기 위해 준비하던 정당에 수호가 평화수호당이란 이름을 지어 주었다.

이는 일본의 평화 헌법을 수호하는 정당이란 의미에서 지어 준 이름으로, 솔직히 와타나베의 입장에선 정당의 이름이 그리 중요하지 않았지만, 그 뜻이 좋아 그대로 사용하기로 결정했다.

솔직히 평화수호당이란 이름은, 수호가 2차 세계대전에 패전을 한 일본이 생존을 위해 군대를 가지지 않겠다고 선언을 한 뒤로 시간이 흐르면서 은근슬쩍 군대를 가지려 하는 것에 대한 경고의 의미에서 이러한 이름을 지어 준 것이다.

아니, 정확하게는 자위대를 해체하기 위한 사전 포섭이나 다름이 없는 이름이었다.

이미 미국과는 의견을 맞췄기에 이제는 일본 내 여론을 자신의 뜻대로 흘러가게 하기 위한 사전 작업이었다.

이러한 뜻도 모르고 와타나베는 자신의 야망을 위해 이를 수용했다.

일본이 자위대를 보존하든 군대를 양성하든 그의 입장에선 아무런 상관이 없었다.

그저 야망을 이루기 위해선 수호의 방해가 없어야 한다고만 생각해 모든 것을 수용할 뿐이었다.

　　　　　*　　　　　*　　　　　*

수호는 고베 야마구치구미의 오야붕인 와타나베 마사히로가 정치에 야망을 드러내고 정치인들을 모으는 것을 알게 된 뒤로 많은 궁리를 하였다.

이것을 어떻게 이용하는 것이 자신의 조국인 대한민국과 자신의 일에 도움이 될 것인지 말이다.

그리고 내린 결론은 와타나베 마사히로의 야망이 대한민국이나, 자신의 일에 나쁘지 않다는 것이었다.

오히려 일본이 혼란에 들어가는 것이 한반도의 평화에 도움이 된다는 판단을 한 뒤로 그의 야망을 뒤에서 적극 도와주었다.

한편으로는 와타나베 혼자 독주를 하는 것은 좋지 않다는 생각도 하였다.

그도 그럴 것이, 역사적으로 그러한 것들이 이미 증명이 되었다.

기존 질서에 반하는 불만 세력이 출현을 해 혼란이 일어나고, 그것이 해결이 되면 소수의 불만 세력에게 먹이를 던져 주어 불만을 해소시켜 줘야 혼란이 사라진다.

그래서 오래전 전국시대를 통일한 도요토미히데요시가 임진왜란을 일으킨 것이다.

내부로는 자신의 세력을 강화하고, 아직 적대적인 세력에는 그 불만을 해결할 수 있는 외부의 적을 만들어 줌으로써 위험을 줄여 나갔다.

참으로 고전적이면서도 확실한 방법이었다.

그러니 와타나베가 확실하게 정권을 잡기 전에 그에

비견되는 경쟁자를 만들어 둘 필요가 있었다.

그리고 그 경쟁자는 멀리서 찾을 필요 없이 가까운 곳에 있는 경쟁자를 내세우면 됐다.

와타나베의 경쟁자이자, 또 다른 일본 밤의 황제인 사카우메구미의 미츠노 요시무라를 내세우는 것이다.

와타나베가 일본 서부를 근거지로 한다면, 미츠노 요시무라는 일본 동부를 근거지로 만들면 되었다.

물론 일본 동부가 세력 면에서 서부에 비해 작기는 하지만, 대신 도쿄와 같은 주요 도시가 많아 세력 면에서 그리 밀리지는 않을 것이었다.

"회장님, 사카우메구미의 미츠노 요시무라가 도착했습니다."

오랜만에 SH항공을 찾은 수호는 SH항공 내부를 시찰하고 인근에 있는 청주 공항 내에 있는 카페에 앉아 있었다.

그런 수호의 뒤로 슬레인이 다가와 미츠노 요시무라의 도착을 알렸다.

"데려와."

공항 내 카페에는 그리 많은 손님이 있는 것이 아니었기에, 굳이 다른 곳으로 장소를 옮길 이유가 없어 이곳으로 부른 것이다.

그런 수호의 지시에 슬레인은 고개를 숙이고 자리를

떠났다.

그리고 잠시 뒤, 일단의 검은 양복을 입은 사내들을 데리고 왔다.

척!

수호가 앉아 있는 테이블로 다가간 미츠노 요시무라는 바른 자세를 하고는 허리를 숙여 인사를 하였다.

"회장님, 잘 지내셨습니까."

2년 전 수호에게 승복한 미츠노 요시무라는 그 뒤로 야쿠자 세계를 통일하는 것에 힘을 쏟는 한편, 한국어를 배우는 것에 심혈을 기울였다.

그러다 보니 이제는 어느 정도 수준에 올랐고 대화하는 것에 있어 전혀 지장이 없었다.

"네. 오랜만이네요. 오시는데 불편한 점은 없었습니까?"

자신을 향해 정중히 인사를 하는 미츠노를 보면서 수호는 밝은 표정으로 그에게 물었다.

"전혀 불편하지 않았고 편안하게 왔습니다."

수호의 부름에 곧바로 묻지도 따지지도 않고 날아왔다.

비록 조금은 피곤하긴 했지만, 현재 상황이 상황인지라 어쩔 수가 없었다.

만약 한국과 일본이 전쟁 상황만 아니었다면 전용기

를 띄웠을 테지만, 한국과 일본이 전쟁 중이라 그럴 수가 없어 어쩔 수 없이 항공사를 이용해 수호를 만나러 왔다.

"그렇다면 다행입니다."

짧은 안부를 묻는 이야기가 오고 간 뒤, 수호는 본격적으로 자신이 그를 부른 이유를 이야기하였다.

"미츠노 씨도 와타나베 씨가 무슨 일을 하고 있는지 알고는 계시죠?"

별다른 감정이 담기지 않은 목소리로 와타나베의 근황을 알고 있는지 물었다.

"예. 요즘 정치에 관심이 많다는 것을 익히 들어 알고 있습니다."

"일본의 밤을 양분했으니 그곳에서는 더 이상 이룰 것이 없다고 판단을 했는지, 정치에 관심을 가지는 것 같더군요."

수호는 살짝 미소를 지으며 이야기를 이어 갔다.

"미츠노 씨는 어떻습니까? 와타나베 씨처럼 정치를 하고 싶은 생각은 없습니까?"

"그게 무슨……."

미츠노 요시무라는 순간 눈앞에 앉아 있는 수호가 무슨 뜻으로 자신에게 그러한 질문을 하는 것인지 분간하기 힘들어 말을 얼버무렸다.

'무슨 뜻으로 그런 질문을 하는 것이지?'

와타나베 마사히로가 정치에 관심을 두고 정치인들을 규합하는 것에 대해 위기감을 느낀 것인지, 아니면 다른 뜻이 있어 그런 질문을 하는 것인지 도통 알 수가 없었다.

하지만 그러한 의문은 금방 해결이 되었다.

"와타나베 씨는 자신의 자식과 가족들을 위해 새로운 시도를 하려고 하는데, 미츠노 씨는 다른 계획이 없냐는 말입니다."

"아!"

미츠나 요시무라는 그제야 무슨 이유로 와타나베 마사히로가 정치인들을 만나고 다니며, 그들을 모으고 있는 것인지 깨달았다.

솔직히 와타나베 마사히로가 처음 정치인들을 만나고, 그들을 세력화할 때만 해도 혹시나 양분한 야쿠자 세계를 통일하기 위해 그런 것은 아닌가라는 의심을 했다.

하지만 생각해 보니 그건 아니란 생각이 들었다.

그도 그럴 것이, 자신들이 이룩한 야쿠자 세계의 통일은 자신들 본연의 힘이 아닌 앞에 앉아 있는 수호가 준 힘으로 이룩한 것이었다.

즉, 아무리 자신을 누르고 통일을 해도 수호가 인정

을 하지 않고 다른 사람에게 자신들에게 그런 것처럼 힘을 넘겨준다면 균형이 다시 바뀔 수 있다는 것이었다.

그래서 필시 다른 이유가 있을 것이라 생각했지만, 정확한 이유는 알 수 없었다.

그런데 그 이유를 이제야 알게 되었다.

"음……."

수호의 질문에 미츠노는 바로 대답을 할 수가 없었다.

그도 그럴 것이, 그는 와타나베처럼 준비가 되어 있지 않았기 때문이다.

와타나베가 언제부터 그런 야망을 준비하고 있었는지 알 수는 없지만, 자신은 그러지 못했다.

그렇기에 좋은 기회가 왔음에도 와타나베가 세력을 규합하고 정당을 세우려고 하고 있는 지금, 그는 아무 것도 하지 않고 현실에 머물러 있었다.

"미츠노 씨도 와타나베 씨가 그런 것처럼 정치를 해 보는 것이 어떻습니까?"

한참 고민을 하고 있는 미츠노의 귀에 수호의 제안이 들려왔다.

와타나베처럼 정치를 해 보는 것이 어떻겠냐는 그 말은 미츠노에게 충격으로 다가왔다.

정치에는 관심이 없는 자신에게 정치를 해 보라는 말을 하다니, 뭔가 이상한 기분이 들었다.

"사카우메구미가 재일 교포들의 일본 내 처우를 개선하기 위해 일어선 것이라 알고 있습니다."

수호는 사카우메구미가 결성된 이유에 대해 자신이 들은 것을 언급했다.

"음, 그러했지요."

미츠노는 자신이 오야붕으로 있는 사카우메구미의 초기 결성에 대해 떠올리며 조심스럽게 대답을 하였다.

비록 자신은 순수 일본인이지만, 자신을 지금의 자리에 올려 준 전대 두목은 일본에서 나고 자란 재일 한국인임을 잘 알고 있었다.

또 현재에도 사카우메구미에는 많은 재일 한국인이 다수 존재했다.

"그럼 일본 내 재일 한국인들의 직위 개선에 어떤 도움을 주고 있습니까?"

"아!"

재일 한국인이 주축으로 구성되었던 야쿠자 조직인 사카우메구미의 두목으로서 일본의 야쿠자를 반분한 자신이 한 일이 무엇인지 물어보는 수호의 질문에 미츠노는 순간 고개를 들 수 없었다.

재일 한국인에게 많은 도움을 받았던 자신이 정작 그

들의 처우에 대해 어떤 일도 안 했다는 것을 깨달았기 때문이다.

이를 깨닫자 갑자기 자책감이 밀려왔다.

"지금이라도 당신의 영향력 아래 있는 정치인들을 규합해 와타나베 씨처럼 새로운 정당을 만들어 보는 것은 어떻겠습니까?"

"새로운 정당……."

"네. 앞으로 일본의 앞날을 위해선 일본인과 재일 외국인의 구분을 짓지 말고 화합을 해야 하지 않겠습니까?"

"아!"

일본의 앞날이란 말에 미츠노 요시무라는 뒤에 그가 무슨 말을 하려는 것인지 확실하게 깨달았다.

일본은 그동안 정치에 등한시하던 대가를 치러야 했다.

경제 파탄과 한국과의 전쟁에서 패전한 책임을 벗어나지 못하는 입장이기에 일본은 더 이상 세계를 선도하는 선진국으로 남아 있지 못할 것이었다.

아니, 이미 국고가 바닥을 치고 있음이 밝혀진 지금, 전쟁에 패배하여 한국에 물어 줘야 할 전쟁배상금을 마련하는 것만으로도 일본은 정신을 차리지 못할 것이 분명했다.

그러니 조국을 위해서라도 앞으로는 차별이 있어서는 미래를 장담할 수가 없었다.

'맞아. 그러기 위해선……'

수호의 이야기를 듣다 보니 자신이 해야 할 일이 무엇인지 확실하게 알게 되었다.

뒤늦게 시작을 하는 것이라 와타나베 마사히로처럼 완벽하지는 못하겠지만, 그동안 모아 놓은 예비 자금을 총동원한다면 이른 시일 안에 충분히 경쟁력 있는 세력을 만들 수 있을 것 같았다.

*   *   *

수호와 면담을 마치고 일본으로 돌아온 미츠노 요시무라는 자신의 구역에 있는 지역구 의원들을 만났다.

이미 수호에게 자신이 끌어들일 수 있는 명단을 받았기에 의원들을 만나 세력을 꾸리는 것은 어렵지 않았다.

더욱이 현재 일본의 상황상, 기존 질서는 무너진 것이나 다름이 없었다.

그런 혼란기에 정치인이라도 온전한 것이 아니었다.

정치를 하기 위해선 많은 돈이 필요했다.

하지만 혼란기에는, 아니, 이미 정체가 된 일본 정계

에서는 어떤 수를 쓸 수가 없는 상황이나 다름없기에 정치인들도 돈을 마련할 길이 없어 막막했다.

더욱이 현재는 전쟁 중이지 않은가.

비록 한국이 무슨 이유 때문에 더 이상 공격을 하지 않고 있는지 알 수는 없었지만, 그러하였기에 더욱 혼란스러운 것이다.

이러한 때, 엄청난 자금력을 가진 존재가 나타나 후원을 한다고 하니 이보다 좋을 수가 없었다.

비록 그 자금이 야쿠자의 자금이라고 하지만, 그것이 뭐 어떻다는 말인가.

원숭이가 나무에서 떨어지면 원숭이로 남지만, 정치인은 선거에 떨어지면 아무것도 아닌 백수일 뿐이었다.

기존에 누리던 모든 것은 남겨 둔 채 자리를 떠나야 한다는 소리다.

그렇기에 후원금이 조금 문제가 있음을 알지만 어쩔 수 없었다.

또한 조건이 너무도 좋았다.

큰 이권을 달라는 것도 아니고, 혼란스러운 일본을 정상으로 만드는데 힘을 보태 달라는 것뿐이었다.

그러면서 머지않은 미래에 동북아시아에서 막강한 영향력을 행사할 한국으로부터 많은 원조를 받아낼 수 있다고도 하였다.

물론 이것은 수호가 미츠노에게 약속한 것이었다.

미츠노 요시무라가 일본 동부에 기반을 만들면, 이에 힘을 실어 주기로 약속했다.

어떻게 힘을 실어 줄 것인지는 현재로서는 알 수가 없었지만, 한 번 약속한 것은 어떤 일이 있든 관철시키는 사람이 수호였기에 미츠노는 그 약속을 믿었다.

그런 이유로 미츠노 요시무라는 우선적으로 지방 세력을 집중 공략하였다.

이미 와타나베 마사히로가 행해 성공을 거둔 모범 답안이 있는데, 그것을 따르지 않을 이유가 없었다.

솔직히 도쿄나, 요코하마와 같은 대도시의 경우, 비록 정책의 실패로 물러났다 하지만 기존 정치인들의 기반이 완벽하게 무너진 것은 아니었다.

그러니 굳이 그런 대도시를 먼저 공략할 이유가 없었다.

어느 정도 지방에서 세력을 키운 다음, 도시로, 그리고 대도시로 영향력을 넓혀 가면 되는 것이었다.

시간이 갈수록 기존 정치에 지친 일본인들이 자신들에게 관심을 보일 것을 잘 알았기 때문이다.

비록 그때까지 많은 돈이 들어가겠지만, 그것은 어느 정도 권력을 잡으면 충분히 복구할 수 있는 돈이었다.

아니, 권력을 잡으면 사용한 자금 이상으로 벌어들일

수 있었다.

그리고 보면 와타나베 마사히로보다 자신이 있는 지역이 세력을 규합하는데 더 유리한 감이 없지 않았다.

그도 그럴 것이, 도쿄 북쪽의 후쿠시마나, 니가타, 미야기, 야마가타 등은 2011년 3월에 발생한 후쿠시마 원전 사고 이후 일본 정부로부터 많은 차별을 받고 있었다.

사고의 원인이 정부와 도쿄전력의 잘못된 정책 때문이었는데, 그 책임은 후쿠시마에 살고 있던 사람들에게 전가가 되었다.

사람이 살기 어려운 오염 지역에 강제로 이주를 시켜 생활하게 만들었다.

민주주의 국가에서는 절대로 있을 수 없는 조치였지만, 정부 지원금이 끊긴 후쿠시마 주민들로서는 어쩔 도리가 없었다.

굶어 죽든지, 아니면 방사능에 오염된 농산물을 재배하여 그것을 먹고 생활을 하든지 선택을 해야 했기 때문이다.

그럼에도 정치인들은 이런 현실을 외면하고 먹어서 응원하자는 얼토당토않은 황당한 정책을 만들어 국민을 우롱했다.

그러다 보니 미츠노의 제안에 동조하는 지역 의원들

이 늘어났고, 주민 설명회 등을 통해 앞으로 미츠노가 펼칠 정책에 대한 주민들의 호응이 대단했다.

이렇게 주민들의 호응이 많은 이유는 수호가 미츠노에게 약속한 것 중 하나를 밝혔기 때문인데, 그것은 바로 없어서 외국으로 판매를 하지 못하고 있는 세포 재생 장치였다.

수호는 미츠노에게 일본 동부에 정당을 만들라고 하면서, 그가 자리를 잡을 수 있도록 SH인더스트리의 BIO 사업부에서 개발한 세포 재생 장치를 그가 지정하는 지역에 배치해 주겠다고 약속했다.

외상은 물론이고, 방사능으로 인해 변형된 세포를 정상 세포로 치료를 할 수 있는 세포 재생 장치의 일본 내 배치는, 원자력 발전소의 폭발로 방사능 피폭에서 자유롭지 않은 후쿠시마 주민이나, 인근 현 주민들에게는 그 의미가 달랐다.

본인의 생명은 물론이고, 자식과 후손들의 생명과 미래가 달린 일이었기 때문이다.

그렇게 되다 보니 그런 일을 이끌어 낸 사람이 야쿠자 오야붕이란 것은 전혀 중요하지 않았다.

자신은 물론이고 자손들의 생명과 미래를 책임져 주겠다는 사람이 나타났는데, 그의 손을 잡지 않는다는 것은 감히 상상도 하지 못할 일이었다.

어느 누가 이를 거부하겠는가.

그러다 보니 도쿄 이북 지역의 사고 지역과 가까운 현에 있는 이들은 미츠노 요시무라의 곁으로 몰려들었다.

일본 서부 지역 사람들이 와타나베 마사히로를 중심으로 모여드는 것과 마찬가지로, 일본 동부 지역 사람들은 그렇게 미츠노 요시무라를 중심으로 뭉쳤다.

그동안 차별을 받던 것을 타파하기 위해 뭉친 것이다.

또한 그가 주장하는 새 일본 재건을 위해 내국인과 재일 외국인의 차별을 금지해야 한다는 미츠노 요시무라의 주장은 큰 호응을 받으며 성장을 하였다.

그로 인해 새 일본 재건 운동은 서부의 평화 헌법 수호 운동과는 또 다른 방향으로 일본인들의 마음을 움직였다.

하지만 두 운동의 공통점이 있었는데, 그것은 자신들이 주장하는 것을 완성하기 위해 기존 정치권과는 손을 잡지 않겠다는 것이었다.

국민을 속이고 자신들의 사리사욕을 위해 공문서까지 조작하는 기존 정치인들은 믿을 수 없기 때문임을 밝혔다.

그렇게 동부와 서부에서 새로운 바람이 불고 있을

때, 일본 정가에는 또다시 폭탄이 떨어졌다.

한국 정부로부터 최후통첩이 날아왔기 때문이다.

*　　　*　　　*

우당탕탕!

"이걸 어떻게 해야 한다는 말입니까?"

나카소네 총리와 내각이 모두 사퇴를 한 다음, 급하게 꾸려진 임시 내각은 전쟁 당사국인 한국 정부로부터 날아든 최후통첩에 난리가 났다.

첫날 동해와 규슈 상공에서의 교전 이후 중단되었던 전투를 다시 시작할 수도 있다는 내용이었기 때문이다.

무조건적인 항복을 하지 않는다면, 이번에는 자위대의 군사시설이 아닌 수도인 도쿄에 대한 공격을 감행하겠다는 내용이었다.

인구밀도가 세계에서도 손에 꼽을 정도로 밀집한 도시 중 하나인 도쿄는 단순히 일본의 수도라는 의미만 가지고 있는 곳이 아니었다.

이러한 도쿄에 공격을 감행하겠다는 것은 일본으로서는 받아들이기 힘든 내용이었다.

하지만 이를 받아들이지 않는다면 결국, 단 하나 뿐이었다.

죽음을 불사하고 항전을 하는 것뿐.

그렇지만 앞선 전투에서도 알 수 있듯, 그것은 의미 없는 몸부림에 불과한 사항이었다.

일본이 자랑하던 해상자위대의 대공 능력은 아무런 소용이 없었다.

뿐만 아니라 최강의 4.5세대 전투기라는 명성을 가진 F—15JSI는 한국의 공대공미사일에 모두 격추되었다.

아직 5세대 스텔스 전투기인 F—35가 다수 있기는 했지만, 이 또한 자신할 수가 없었다.

더욱이 한국군의 공중순양함이나, 공중호위함, 그리고 전투순양함, 최신형 초장거리포는 공포의 대상이었다.

이것들의 위력은 이미 전 세계에 알려진 상태였다.

항복을 하지 않으면 미래가 없다는 것을 알고 있으면서도 고민을 하는 것은 모두 자존심 때문이었다.

한때는 자신들의 지배를 받던 나라였고, 얼마 전까지만 해도 한국은 자신들의 밑이었다.

그러한 나라에 항복을 해야 하는 것이다 보니 자존심이 무척이나 상했다.

하지만 생존을 위해선 자존심이라도 굽혀야 하는 것이 작금의 현 상황이었다.

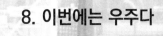

8. 이번에는 우주다

TV 화면 안에서 일본의 일왕인 나루히토가 나오고 있었다.

일본의 명목상 왕인 나루히토는 굳은 표정으로 TV 앞에 나와 손에는 연설문을 들고 그것을 읽었다.

[본인은 이렇게 국민의 앞에 나와… 이번 일은 누군가는 확실하게 책임을 져야 한다고 생각합니다. 하지만 그 일 우선에, 전쟁만큼은 막아야 한다는 심정으로 이렇게 나섰습니다. 자비로운… 일본은 무조건적인 항복을 선언합니다. 또… 평화 헌법을 수호하기 위해 더 이상 방관자로 남아 있지 않을 것입니다. …일본 국왕 나루히토.]

TV 안에서 역대 일본 일왕이 하지 않던 종전 선언을 하였다.

나루히토 일왕 이전의 일본의 왕들은 실권을 잃은 뒤로 대신들의 꼭두각시나 다름이 없어 그들이 시키는 대로 해 왔는데, 이번 나루히토 일왕은 그러지 않았다.

아니, 어쩌면 지금이야말로 그가 제대로 자신의 목소리를 낼 때라고 생각해 나선 것일 수도 있었다.

현재 일본은 나카소네 총리와 내각이 시위대의 기세에 밀려 도피성 퇴진을 하고 임시 내각이 만들어진 때라 어느 누구도 확실하게 이번 한일 전쟁에 대한 책임을 지려고 하지 않고 있었다.

그러한 때에 나루히토 일왕이 나서서 국회의원들의 구태를 꼬집으며 종전 선언을 하고 나선 것이다.

이 때문에 반정부 시위를 하던 시위대나, 친정부 시위를 하던 시위대 모두 이러한 과감한 결단을 한 나루히토 일왕을 지지하는 성명을 내고 시위를 멈췄다.

다만, 일각에선 굳이 나루히토 일왕이 나서야 했냐는 비판이 일기는 했지만, 그런 말을 한 이는 금방 매국노로 몰려 몰매를 맞았다.

그도 그럴 것이, 그동안 정치인들이 벌인 실패한 정책이나, 비리 때문에 피해를 본 일본인들이 얼마나 많은지 헤아릴 수가 없다 보니, 조금의 부정적인 주장이 나오면 바로 응징을 받았다.

현재의 일본인들은 결코 예전의 얌전한 일본인들이 아니었다.

생존을 위협받고 있는 지금, 그것을 조금이라도 위협하는 이들은 가만 놔두지 않았다.

한국만이 네티즌 수사대가 있는 것이 아니었다.

세계 어느 나라나 그러한 비슷한 이들이 있어 부조리를 찾아 신고를 했는데, 그동안 일본만이 그러한 이들이 제대로 활동을 하지 못하고 있었다.

그러던 것이 이번 한일 전쟁으로 인해 조금씩 깨지면서 일본인 중에서도 바른 소리를 하는 이들이 나오기 시작했다.

정치는 정치인만 하면 된다는 사고에서 벗어나 국민의 감시가 있어야 정치가 올바르게 흘러간다는 것을 뒤늦게 깨달은 것이다.

그래서 여기저기서 정치인들의 비리가 까발려지기 시작했다.

"보기 좋군."

수호는 연일 계속되고 있는 일본발 항복 선언 방송을 보면 그렇게 중얼거렸다.

"또 저것을 보고 계셨습니까?"

수호가 TV를 보며 하는 소리를 들은 것인지, 슬레인이 그 점을 지적하며 물었다.

"응. 몇 번을 봐도 질리지가 않아."

슬레인의 물음에 수호는 빙그레 미소를 지어 보이며 대답을 하였다.

일본과의 문제는 한국인에게 이성적으로 판단을 한다는 것이 이상할 정도로 그 뼛속 깊이 새겨져 있는 무언가였기에, 수호는 자신이 왜 그런 것인지도 몰랐지만 속이 다 후련했다.

"그런데 마스터, 이제는 무엇을 하시려고 하십니까?"

지금까지 수호는 조국인 대한민국의 발전을 위해, 또 국방력 강화를 위해 노력을 해 왔다.

그리고 그 결실로 한국인의 염원인 한반도 통일을 이룩하였고, 더 나아가 중국과 전쟁을 통해 잃어버린 고토까지 회복했다.

그 과정에서 고대로부터 한민족을 위협하던 중국의 기세를 꺾어 다시는 한반도를 위협할 수 없게 만들었다.

또 중국만큼이나 한반도를 침략하고 괴롭히던 일본도 제대로 손을 봐, 더 이상 위협할 수 없게 만들어 주었다.

그 결과, 대한민국은 동북아시아에서는 더 이상 위협

할 수 있는 나라가 없을 정도로 강력한 군사 강국이 되었다.

그래서 슬레인이 물어보는 것이다.

처음 원하던 목표를 다 이룬 수호였기에, 목표를 이루고 번 아웃이 왔을 수도 있다는 생각에 앞으로의 계획을 물어보았다.

"글쎄. 처음 목표를 다 이루었으니, 이젠 무엇을 할까?"

슬레인의 질문을 받은 수호는 순간 할 말이 없어 되물었다.

자신이 앞으로 또 무엇을 해야 할지 아직 목표를 찾지 못했기 때문에 똑똑한 부하이자, 동반자인 슬레인에게 물었다.

"음, 우주개발은 어떻습니까?"

너무도 뜬금없는 말이었지만, 슬레인은 자신의 주인인 수호에게 우주개발을 해 보는 것이 어떤지 물었다.

"우주개발?"

"예. 지금까지 그룹이 이룬 것들이 모두 지구 안에서 할 수 있는 것들이니, 이제는 우주를 대상으로 연구를 하는 것이 어떤가 해서 말입니다."

슬레인의 이야기에 수호는 천천히 생각에 빠졌다.

수호는 그동안 자신이 슬레인과 함께 개발을 했던 것

들을 하나하나 따져 보았다.

처음 사업을 시작할 때는 불연소재 개발과 방탄 스프레이를 만들었다.

불연소재의 경우에는 사고 책임으로 퇴직을 할 수도 있는 아버지를 돕기 위해 개발했던 것이다.

그것을 바탕으로, 독립을 하여 SH화학을 설립하고 사업을 시작했다.

본격적인 사업은 방탄 스프레이의 개발이었다.

높은 온도를 차단해 주는 불연소재의 경우에는 솔직히 하청이나 다름이 없었지만, 방탄 스프레이의 경우 방위사업청을 통해 SH화학의 이름을 알렸다.

또 이를 통해 미군에 군납을 하였고, 사업을 키우는 발판이 되었다.

그러다 슬레인이 자신이 움직일 수 있는 몸을 가지고 싶다는 욕구 때문에 주식거래를 하기 시작했고, 차명으로 만들어 둔 계좌로 돈을 불리면서 사업은 급속히 커졌다.

그 과정에서 로봇공학 회사나, 컴퓨터 프로그램 디자인 회사와 인공장기 개발 회사 등도 소유하게 되었다.

물론 그것들과 함께 기업 가치가 우량하나, 자본이 부족해 죽어 가는 회사도 다수 보유하게 된 것은 덤이었다.

현 지구의 과학 기술을 초월한 초인공지능인 슬레인이 직접 투자를 하고, 어느 순간부터 자신을 보조할 초인공지능을 설계하면서 주식거래는 물론이고 선물거래에까지 손을 댔다.

그러다 보니 수호는 가만히 있어도 통장의 금액이 늘어났다.

슬레인이 하는 거래는 모두 수호의 이름으로 하고 있었기 때문이다.

그렇게 천문학적인 자금이 쌓이는 계좌가 한둘이 아니게 되었다.

물론 이것들은 슬레인의 기획 하에 조세 피난처로 보내져 관리가 되고 있었다.

현재에 이르러서는 자본이 자본을 버는 지경이 되자, 수호도 슬레인과 휘하 인공지능들이 얼마나 자본을 쌓아 둔 것인지 알 수가 없었다.

급기야 여러 나라에 차관을 빌려줄 수 있는 지경에 이르렀다.

필리핀에 200억 달러를 빌려준 것은 물론이고, 대한민국 정부에도 중국과의 전쟁 전 200억 달러, 승전 후 늘어난 국토의 개발을 위해 200조 원을 차관으로 빌려주었다.

개인이 빌려주는 금액이라 하기에는 너무도 엄청난

금액이 아닐 수 없었다.

그럼에도 수호의 자본은 마르지 않았다.

이렇다 보니 수호에게 번 아웃이 올 수도 있다고 생각하는 슬레인이었다.

수호가 아무리 인간의 의식을 초월한 존재라 해도 기본 베이스는 인간이었다.

그러니 고독감을 느낄 수도 있어 그를 걱정하는 것이다.

"흠, 그것도 좋은 생각이야."

잠시 그동안 자신이 이룩한 것들을 떠올려 본 수호는 그렇게 대답을 하였다.

방탄 스프레이부터 파워슈트, 그리고 최신형 K—3 전차와 최신형 전투순양함, 공중순양함, 공중호위함을 포함한 미사일 방어 체계인 스카이넷 시스템의 개발.

아직 대한민국 공군에는 납품이 되고 있지는 않았지만, 계약된 수량만 무려 600대가 넘어가는 SH항공의 KFA—001과 스텔스 전투기인 KFA—002 등을 생각하면 지구상 어느 누구도 수호만큼 위대한 업적을 이룬 이가 없었다.

만약 비교한다면 르네상스 시대의 레오나르도 다빈치 정도나 그와 비교가 될 수 있을 것이었다.

수호가 개발한 것들로 인해 대한민국은 더 이상 누군

가에게 위협당할 만한 나라가 아니게 되었다.

한일 전쟁에서도 보았듯 미사일 방어 체계의 일부인 공중순양함과 공중호위함은 미사일 방어 체계와 별개로도 운용이 가능한 플랫폼이었다.

이것들에 SH항공에서 개발한 전투기들과 연계를 시킨다면 훨씬 탁월한 효과를 볼 수 있었다.

2차 세계대전 당시 히틀러가 구상한 공중항모도 충분히 운용 가능했고, 유명 게임 속 유닛들도 충분히 만들어 운용도 가능했다.

그러니 더 이상 조국을 걱정할 필요가 없다는 판단 하에 수호는 앞으로 자신이 무엇을 할지 생각해 보았다.

그리고 내린 결론은 슬레인의 말마따나 우주개발도 괜찮겠다는 생각이 들었다.

미국이나 러시아와 같은 우주개발 선진국이 있기는 했지만, 수호가 판단하기에 수십 년 먼저 우주에 도전한 그들이라도 충분히 따라잡을 수 있다고 생각했다.

현재 지구의 과학기술은 우주로 진출하기에는 많이 미숙했다.

그에 반해 슬레인과 자신이 구축한 기술력은 다른 선진국인 미국이나, 러시아보다 최소 10년은 앞서 있다 할 수 있었다.

그것을 바탕으로 연구를 한다면, 조속한 시일 내에 미국과 러시아를 앞지를 것이 분명했다.

이런 자신감이 있기에 수호는 새로운 목표를 세웠다.

"좋아. SH 그룹의 새로운 목표는 바로 화성에 유인 기지를 건설하는 것이다."

수호는 두 눈을 반짝이며 새로운 목표를 세웠고, 그것을 자신이 회장으로 있는 SH 그룹의 앞으로의 목표라 선언했다.

그리고 그 선언은 빠르게 방송을 타고 전 세계로 발표가 되었다.

*   *   *

찰칵! 찰칵!

SH 그룹 본사 앞에는 수많은 내외신 기자들이 몰려들어 사진을 찍고 있었다.

또한 방송 관계자들은 방송 카메라를 켜고 이를 긴급으로 송출하였다.

"저는 지금 세계적인 그룹인 SH 그룹 본사 앞에 나와 있습니다……."

대한민국 대표 방송인 KBC의 리포터는 SH 그룹 본사를 배경으로 속보를 전하고 있었다.

또한 근처에는 비슷한 모습을 보이고 있는 금발의 외국인 리포터도 있었다.

이들은 SH 그룹 홍보실에서 날아온 공문을 보고 긴급하게 이곳으로 찾아와 방송을 하는 것이었다.

"모두 정숙해 주시기 바랍니다."

SH 그룹 홍보실 실장은 단상으로 나와 긴급히 소리쳤다.

그런 홍보실 실장의 말에 한창 속보를 전하던 방송관계자들이 갑자기 조용해졌다.

하지만 카메라로 촬영하는 소리는 계속해서 들려왔다.

찰칵! 찰칵!

저벅! 저벅!

절도 있는 걸음걸이 소리가 들려오고, 사람들은 소리가 들려오는 방향으로 시선을 돌렸다.

그곳에는 양복이 잘 어울리는 잘생긴 미남이 걸어오고 있었다.

찰칵! 찰칵!

걸음의 주인은 바로 세계적인 부호이자, SH 그룹의 회장인 수호였다.

그러다 보니 조금 전 간간히 들리던 카메라 셔터 누르는 소리가 급속하게 빨라졌다.

"하하, 스타도 아닌데 사진 촬영을 너무 많이 하시는 것 아닙니까?"

단상에 선 수호는 자신을 촬영하는 카메라 기자들을 보며 농담을 던졌다.

"하하하하!"

수호의 농담이 통했는지 그 말을 들은 기자들이 웃었다.

"회장님, 어떤 연유로 저희를 여기로 부르신 것입니까?"

기자들이 이곳에 모인 것은 SH 그룹에서 발표할 것이 있다고 해서 모인 것이었다.

농업에서부터 중공업까지 모든 분야의 사업에서 두각을 보이는 SH 그룹이다 보니, 사람들의 관심이 많을 수밖에 없었다.

특히나 한중 전쟁 그리고 한일 전쟁에서 혁혁한 공을 세운 무기들을 개발한 곳 또한 SH그룹이지 않은가.

그러다 보니 일부 기자들 사이에서는 SH 그룹을 죽음의 상인이라고까지 부르는 이도 있을 정도였다.

비록 한국의 입장에서는 SH 그룹에서 개발한 무기들로 인해 승리를 하였기에 호감도가 그 어느 기업보다 높을지 모르겠지만, 전쟁에 패전을 한 중국이나, 일본의 입장에서 보면 SH 그룹이 아니었다면 자신들이 이

겼을 수도 있기 때문이다.

더욱이 전쟁의 희생자들 대부분이 중국 인민 해방군과 일본 자위대원들이지 않은가.

그러니 그들의 입장에선 SH 그룹이나 그곳의 회장인 수호가 곱게 보이지 않았다.

하지만 모든 잘못은 중국과 일본에 있기에, 그런 비꼬아진 시선보단 오히려 전쟁을 치르면서 최소한의 희생으로 전쟁을 끝마칠 수 있게 했다며 칭송을 하는 이들이 더욱 많았다.

이는 오로지 한국인들만의 평가가 아니라 중국과 일본을 뺀 많은 나라의 사람들이 그런 평가를 내린 것이다.

"제가 이 자리에 선 것은 SH 그룹의 앞으로의 비전을 발표하기 위해섭니다."

웅성웅성.

수호의 갑작스러운 발표에 기자들 속에서 웅성거리는 소음이 들렸다.

그도 그럴 것이, 이제 막 전쟁을 끝낸 대한민국이었다.

그런 대한민국은 앞으로 해야 할 일이 많기에, 그것과 관련된 발표라 생각했던 기자들은 수호의 느닷없는 말에 놀라 웅성거리는 것이었다.

"그 말씀은, SH 그룹에서는 기존 국토의 균형 발전 외에도 다른 계획이 있으시다는 말씀이십니까?"

질문을 한 기자는 현재 SH 그룹이 중국과의 전쟁에서 승리한 이후, 무슨 일을 하고 있는지 알고 있었기에 하는 질문이었다.

"기존에 하던 일은 계속해서 진행이 될 것이고, 지금 제가 하는 이야기는 인류의 미래를 위해 저희 SH 그룹이 새로운 사업을 진행한다는 것을 말하는 것입니다."

"허어!"

자신들을 부른 것이 단순한 기업의 미래가 아닌 인류의 미래라 말하는 수호의 말에 질문을 했던 기자는 물론이고, 수호의 말을 받아 적고 있던 기자들마저 화들짝 놀라 수호를 쳐다보았다.

"그 말씀은?"

"저희 SH 그룹은 기존 사업과 별개로 특별 부서를 설립하고, 우주개발에 뛰어들 것입니다. 그리고 10년 내화성에 유인 기지 건설을 할 것입니다."

꽈광!

정말이지 폭탄과도 같은 발언이 아닐 수 없었다.

그동안 많은 해외 유수의 기업들이 우주개발에 뛰어들었으며, 수호 이전에 세계 최고 부자라 일컬어지던 알론 머스론이 화성 기지 건설을 천명하며 천문학적인 예산을 사용하고 있었다.

하지만 아직까지 큰 성과를 거두지 못하고 있었고, 일회성이 아닌 여러 번 사용할 수 있는 상업용 우주선을 개발한 것이 전부였다.

현재 그 기술을 이용해 우주에 수천 개의 인공위성을 띄워 올려 값싼 데이터 통신 이용을 목표로 로켓을 쏘아 올리고 있기는 했지만, 기술적 오류로 인해 아직까지 진행 중이었다.

그런데 이제 겨우 우주개발에 뛰어들면서 10년 내에 화성에 유인기지를 건설하겠다는 선언을 하는 수호를 보며 기자들은 당연히 여러 의견으로 갈릴 수밖에 없었다.

할 수 있다, 라는 측과 수호 또한 알론 머스론처럼 허풍쟁이라는 편으로 갈려 떠들어 댔다.

하지만 대세는 SH 그룹이라면 할 수 있지 않을까라는 의견이 대부분이었다.

그도 그럴 것이, 그동안 SH 그룹에서 내놓은 결과물을 보면 기존의 것과는 궤를 달리하는 것들뿐이었기 때문이다.

방탄 스프레이가 그러했고, 초장거리포가 그것이었으며, 뚫을 수 없는 미사일 방어 시스템인 스카이넷 시스템이 바로 그것이었다.

인간이 공상만으로 떠올리던 것들을 실제로 실현한 이가 SH 그룹의 회장인 수호였다.

그러니 화성에 우주인을 보내는 것도 공상이 아닌 실제로 가능하지 않겠냐는 말이 나올 수밖에 없었다.

＊　　　＊　　　＊

청와대 국무회의장은 무척이나 차분한 가운데 진행이 되고 있었다.

"최종적으로 검토를 해 보죠."

"예, 알겠습니다."

이신형 국무총리는 대통령의 최종 검토란 말에 얼른 대답을 하고는 그동안의 회의 내용을 요약한 것을 나열했다.

"첫째… 둘째……."

두 달 전에 끝난 중국과의 전쟁으로 취한 산동반도와 동북 3성과 내몽고 지역 등의 개발과 지역 주민들에 대한 국적 편입 등에 관한 내용이 주를 이루었다.

특히나 중국 국적이었다가 삶의 터전이 한순간에 대한민국의 영토가 되면서 중국으로의 이주를 포기하고 고향에 남겠다고 한 이들에 대한 국적 변경은, 그 무엇보다 중요했다.

울트라 코리아

혹여나 중국의 스파이가 대한민국 국적을 취득해 고정간첩으로 활동을 할 수도 있었기 때문이다.

특히나 현재 전 세계의 관심이 대한민국에 쏠려 있는 상황이지 않은가.

세계 유일의 4세대 전차 기술이나, 탄도미사일 요격 체계, 그리고 무엇보다 암암리에 알려진 파워슈트의 존재는 미국이나, 러시아뿐만 아니라 유럽 유수의 국가들도 탐을 내는 군사기술이었다.

거기에 더해 UAE에만 공급된 세포 재생 장치는 각국의 지도자는 물론이고, 자신이 어느 정도 산다고 생각하는 사람들은 모두가 원하는 물건이었다.

그러한 물건이 속속 개발되는 대한민국은 세계의 많은 스파이들이 노리는 보물 창고와도 같았다.

이러한 사실을 잘 알고 있는 정부는 기존 국내 첩보에 중점을 두고 있던 국정원의 기능을 확대 개편하여 정보 취득은 물론이고, 국내 기술의 보호에 힘썼다.

마지막으로 일본과의 종전 협상에 대한 보고로 국무회의가 마무리되었다.

"참, 오늘 SH 그룹이 뭔가 발표를 한다고 하던데?"

막 국무회의를 마친 대통령은 뭔가 생각이 났다는 듯 말을 꺼냈다.

"아! 마침 발표를 한다고 한 시간이군요."

정리를 하던 이신형 국무총리가 대통령의 말에 그 사실을 떠올리고는 얼른 회의장 정면에 놓인 TV를 바라보았다.

이에 비서실장이 리모컨을 들어 TV를 켰다.

[제가 이 자리에 선 것은 SH 그룹의 앞으로의 비전을 발표하기 위해섭니다.]

'저게 무슨 소리지? SH 그룹에서 새로운 프로젝트를 시작한다는 말인가?'

정동영 대통령은 TV에서 들려오는 수호의 기자회견 내용을 듣고 생각에 잠겼다.

[기존에 하던 일은 계속해서 진행이 될 것이고, 지금 제가 하는 이야기는 인류의 미래를 위해 저희 SH 그룹이 새로운 사업을 진행한다는 것을 말하는 것입니다.]

"……."

[저희 SH 그룹은 기존 사업과 별개로 특별 부서를 설립하고, 우주개발에 뛰어들 것입니다. 그리고 10년 내 화성에 유인 기지 건설을 할 것입니다.]

'허, 화성에 기지를… 놀랍군.'

겨우 10년 만에 불모지인 화성에 기지를 건설하겠다고 발표를 하는 수호를 보며, 정동영 대통령은 경악을 금치 못했다.

대한민국이 우주에 관심을 가지고 그곳에 투자를 한 지 이제 30년이 되어 가고 있는 지금, 다른 우주개발 선진국에 비해 최소 반세기 이상 뒤쳐져 있었다.

그런데 그러한 시간을 뛰어넘어 10년 내에 화성에 유인 우주인을 보내겠다는 것도 아니고, 우주기지를 건설하겠다고 포부를 보였다.

이는 우주개발에 가장 선두에 선 미국도 계획만 발표하고, 아직까지 우주인도 보내지 못하고 있는 것이 현실이었다.

막말로 그러한 미국이 화성에 로켓을 발사하고 탐사선을 보내기 시작한 지도 벌써 70년이 다 되었다.

그럼에도 아직도 유인우주선도 발사하지 못하고 계속해서 탐사선만 화성에 보낼 뿐이었다.

"저 말이 이루어진다면 정말이지 엄청난 업적이 되겠군."

"맞습니다. 저 말대로 이루어진다면 인류의 진보라 할 수 있겠지요."

대통령의 말이 있고, 곧바로 이신형 국무총리의 말이 이어졌다.

"그런데 SH는 돈이 얼마나 많기에 저……."

재무장관은 가만히 보고 있다 그것을 이루기 위해서는 얼마나 많은 예산이 필요할까라는 생각을 먼저 떠올렸다.

그도 그럴 것이, 그가 하는 일이 예산을 다루는 일이다 보니 드는 어쩔 수 없는 생각이었다.

"하긴… 우주개발이란 것이 버는 것 없이 까먹는 일이니……."

재무장관의 발언에 이어 상공부장관의 말이 이어졌다.

"그래도 SH라면 가능하지 않겠습니까? 얼마가 들든 말입니다."

수호와 SH 그룹에 호감을 가지고 있는 최대환 국방장관은 긍정적인 말을 꺼냈다.

막말로 대한민국에서 SH 그룹이 가진 부를 제대로 알고 있는 사람은 거의 없었다.

그도 그럴 것이, SH 그룹은 기업공개가 된 회사가 아니었기 때문이다.

그룹으로 성장을 하기 위해선 기업공개가 필수라고 할 수 있는데, SH 그룹의 계열사들은 철저하게 기업공개를 하지 않고 원래 공개된 주식마저 높은 값을 치르고 회수를 하고는 자체적으로 주식 상장을 폐지하였다.

이는 SH 그룹과 계열사에서 다루는 기술이 외부로 유출이 되었다가는 나라에 심각한 타격을 줄 수가 있기에 일부러 그런 조치를 취한 것이었다.

개발한 기술 하나하나가 국가 전략급으로 다루어지다 보니, 어쩌면 당연한 조치라 할 수 있었다.

"혹시라도 SH 그룹에서 협조 요청이 들어온다면 긍정적으로 검토하기 바랍니다."

정동영 대통령 또한 SH 그룹과 정수호 회장에게 큰 도움을 받았다 생각하기에 자신이 할 수 있는 한도 내에서 최선의 도움을 주기로 하고, 각 부처 장관들에게 그러한 당부를 하였다.

자신이 해야 할 일을 수호가 대신한 것 같은 빚진 기분이 들었고, 국가를 넘어 이제는 인류 발전에 투자를 하겠다는 수호에게 작은 도움을 주고 싶어 그런 명령을 한 것이다.

*　　　*　　　*

기자회견이 끝나고 수호는 자신의 사무실로 들어와 슬레인을 불러 의논을 하였다.

"발표를 하긴 했는데, 무엇부터 하는 게 좋을까?"

일단 지르고 본 수호는 우주개발, 더 나아가 10년 내 화성에 유인기지를 건설하기 위해 가장 먼저 해야 할 첫 사업이 무엇이 좋을지 물었다.

"일단 지구 상공에 떠다니는 우주 쓰레기를 치우는 것이 우선일 것입니다."

슬레인은 자신의 마스터인 수호의 질문에 그렇게 대답을 하였다.

우주개발도 좋지만, 현재 지구 상공에는 너무도 많은 우주 쓰레기들이 떠다니고 있어 우주인들을 위협하고 있었다.

인류가 우주개발을 하기 시작하면서 그동안 많은 숫자의 로켓을 우주로 발사하였다.

그 과정에서 수많은 쓰레기가 발생하였는데, 그것들은 지구 상공에서 작게는 몇㎜에서 크게는 몇㎝ 크기의 파편으로 우주에서 떠돌았다.

그러한 우주 쓰레기는 우주에 건설한 우주정거장이나, 인공위성 등을 위협하였다.

우주에서는 아주 작은 균열만 발생을 해도 어떤 오류를 일으킬지 아무도 몰랐다.

막말로 인공위성이야 고장이 나면 새로운 것을 쏘아 올리면 그만이지만, 우주정거장은 세계 각국의 연구원들이 모여 연구를 하는 시설이다.

만약 그것에 작은 균열이 발생하기라도 한다면 어떻게 될 것인지는 상상만 해도 끔찍한 일이었다.

그러니 슬레인은 우주개발을 하기 전, 가장 먼저 우주 공간에 떠도는 우주 쓰레기들을 청소하자는 제안을 한 것이다.

이것은 단순히 우주개발의 성공 확률을 높이자는 의미가 아니라 SH 그룹, 더 나아가 대한민국이란 나라의 위상을 높이는 일이 될 게 빤했기에 이런 제안을 한 것이었다.

"흠, 우주 쓰레기 청소라… 좋아."

수호도 잠시 생각을 하다 슬레인이 무엇 때문에 그런 말을 한 것인지 깨닫고는 바로 승낙을 하였다.

"그런데 우주에 떠도는 쓰레기는 어떻게 치울 거야?"

현재 지구의 기술력으로는 우주에 떠돌고 있는 우주 쓰레기를 치우는 것이 사실상 불가능한 일이었다.

그 때문에 우주로켓을 발사할 때면, 상공을 자세히 살피고 우주 쓰레기가 우주로켓 발사 구역에 들어오지 않을 때를 기다렸다가 발사를 하고 있는 실정이었다.

"이미 필요한 기술은 모두 갖춰진 상태입니다."

"그래?"

수호는 깜짝 놀랐다.

필요한 기술이 이미 갖춰졌다는 슬레인의 말에 놀라지 않을 수 없었다.

"우리가 모두 가지고 있다고?"

"그건 아닙니다. 몇몇 기술은 아직 보유하지 못했지만, 기술을 보유한 기업을 인수하거나, 기술을 로열티를 주고 사면 됩니다."

"아!"

수호는 그제야 이해가 갔다.

"그래, 그럼 그것을 어디서 만들 거야?"

기술이야 사 오면 된다지만, 그것을 또 어디서 만들 것인지는 다른 문제였다.

"SH항공을 확대하여, SH항공우주로 개편을 하여 그곳에서 만들면 되지 않겠습니까?"

"흠……."

SH항공을 키우자는 슬레인의 말에 수호는 잠시 생각에 잠겼다.

우주선을 개발하는 것과 기존 항공기를 제작하는 것을 떠올리고 비교를 하던 수호는 저도 모르게 작게 고개를 끄덕였다.

비슷한 면이 있으면서도 또 다른 부분이 있기는 했지만, 나쁘지 않은 선택이었다.

비록 SH항공이 기존 전투기 생산 때문에 여력이 없

기는 하지만, 미래를 위해서라도 규모를 키워야 하는 것 또한 맞았다.

"그런데 회사 규모를 키우기 위해선 우수한 인력을 스카우트해야 할 텐데, 그게 가능할까?"

어느 분야의 전문가를 데려오는 것은 쉽지 않았다.

이는 어느 곳에서나 전문가라 불릴 정도의 핵심 인력은 관리를 받고 있으며, 쉽게 해외로의 이주를 허가하지 않기 때문이다.

"그래서 가장 먼저 우주 쓰레기 청소를 말씀드린 것입니다."

"아!"

슬레인의 설명을 들은 수호는 두 눈을 부릅떴다.

자신은 우주 쓰레기 청소란 말을 들었을 때는 그저 우주개발의 성공 확률을 높이고, 다른 나라의 간섭을 피할 명분을 얻기 위한 것으로만 생각을 했다.

하지만 슬레인은 그보다 한발 더 나아가 인력 구인에까지 계산을 한 것이었다.

우주를 연구하는 이들 중 많은 전문가들이 앞으로의 미래를 위해 우주 쓰레기 문제를 우선적으로 해결해야 한다고 주장하는 이들이 많았다.

그리고 그건 환경 운동가들 또한 마찬가지였다.

2015년 ISS(국제우주정거장)는 우주 쓰레기로 인해 심각한 위기를 맞이한 적이 있었다.

당시 ISS와 충돌할 뻔한 우주 쓰레기는 1974년 소련에서 발사한 기상관측 위성인 메테오르—2의 잔해였다.

이렇게 수명이 다한 위성이나, 그 잔해들은 수시로 ISS나, 다른 인공위성들을 위협하고 있어 과학자들의 걱정거리가 아닐 수 없었다.

그러니 이런 명분을 내세운다면, 아주 핵심 인력이 아니라면 충분히 이직을 허용할지도 몰랐다.

"좋은데!"

우주 쓰레기를 청소할 우주선을 개발할 기술도 있고, 그것을 개발할 인력도 이러한 명분이라면 충분히 구할 수 있을 것만 같았다.

또 이런 프로젝트에 가장 필요한 예산은 차고도 넘치는 것이 SH 그룹이었다.

"그럼 바로 계획표를 짜서 홍진호 사장에게 전달해."

KFA—001의 성공적인 개발에 힘입어 부사장에서 SH항공의 사장이 된 홍진호에게 회사를 더욱 확대하고, 새로운 사업부인 우주개발부서를 신설하라는 지시를 내렸다.

또한 우주개발을 넘어 화성에 유인 기지 건설까지의 일정표를 만들라고 명령하였다.

"알겠습니다."

이러한 수호의 명령에 슬레인은 알겠다는 말과 함께 자리를 떠났다.

목표를 이룬 뒤 잠시 번 아웃이 올 뻔한 수호의 목소리라고는 믿기지 않을 만큼 활기찬 목소리에 슬레인은 절로 미소를 지으며 문손잡이를 잡았다.

9. 위기의 국제우주정거장

우주개발, 그것은 세계적인 방산 그룹인 SH 그룹이라고 해도 부담스러운 일이었다.

하지만 쉬운 일은 아닐지라도 불가능한 일도 아니었다.

기술자를 영입해 부족한 사람을 채우고, 우주개발과 관련된 기업을 통째로 인수하면 해결되는 문제였다.

그래서 SH 그룹 산하의 SH항공을 SH항공우주로 개칭한 뒤, 본격적인 우주개발에 뛰어들었다.

그런데 재밌는 것은, SH 그룹에서 대대적인 예산을 들여 우주개발에 나섰다는 이야기가 들리자, NASA에서 일하던 한국 출신 과학자들이 대거 SH항공우주로 이직하는 사태가 발생했다.

그들이 세계 최고의 우주개발 기관인 NASA를 그만두고 신생 기업인 SH항공우주에 이직을 한 이유는 인종차별 때문이었다.

과거와 달리 많이 개선되었다고는 하지만, 아직도 미국에는 알게 모르게 피부색과 국적에 따라 사람들 간에 차별이 존재했다.

그 때문에 한국 출신 과학자나 연구원들의 경우, 그동안 자신이 이룩한 업적이나, 연구 성과를 제대로 평가받지 못했다는 불만을 가지고 있었다.

이때, NASA만큼은 아니더라도 대대적인 예산을 편성해 연구 개발을 하겠다는 기업이 나타났다.

다른 나라도 아닌 조국인 대한민국에서 말이다.

그러다 보니 평소 NASA의 대우에 만족하지 못한 한국 출신 과학자들은 물론이고, 비슷한 생각을 가진 다른 나라 출신 과학자와 연구원들도 함께 SH항공우주로 이직했다.

그렇다고 NASA의 연구원만 받은 것은 아니었다.

러시아에서 일하던 과학자들도 상당수 스카우트했다.

그들에게 NASA에서 근무한 사람들과 비슷한 연봉을 책정했는데, 러시아 출신 과학자들은 이에 고무되어 자신들이 연구하던 많은 자료를 SH항공우주에 제공하기도 했다.

물론 법에 저촉되지 않는 범위 내에서였지만, 그것만으로도 우주개발에 첫발을 내딛는 SH항공우주의 입장에서는 큰 도움이 되었다.

그들이 가져온 자료들은 수호가 보유하고 있던 외계의 기술과 시너지 효과를 보이며 빠른 진척을 보였다.

외계인 프루그슈탈이 남기고 간 유산을 가지고 있지만 그것을 활용할 원천 기술이 없어 방치하고 있었는데, NASA와 러시아연방우주국 출신 과학자들이 가진 지식을 합치니 꽤 쓸 만한 것이 완성되었다.

수호와 슬레인은 새로 얻은 기술에 보유하고 있던 재활용 가능한 로켓과 우주선 제작 기술을 접목하여 인공지능이 탑재된 무인 우주선을 설계하였다.

유인우주선으로 제작하지 않고 무인 우주선을 선택한 이유는 이번에 발사할 우주선의 목적이 우주 쓰레기 청소였기 때문이다.

*   *   *

수호가 기자들을 불러 우주개발을 천명한 지 1년 6개월이 지났다.

길다면 길고, 짧다면 짧은 시간이었지만, SH항공우주에게는 무척이나 짧은 시간이었다.

그럼에도 불구하고 SH항공우주에서는 엄청난 일을 해냈다.

무에서 유를 창조했기 때문이다.

우주개발에 대해 아무런 기반도 없는 상태로 사업을 시작했는데, 겨우 1년 6개월 만에 우주선을 발사할 수 있는 기지를 건설한 것은 물론이거니와 무인 우주선까지 제작한 것이다.

이는 믿을 수 없을 정도로 엄청난 속도였다.

SH항공우주가 이렇게 빠르게 우주로켓 발사 기지를 건설하고, 무인 우주선을 제작할 수 있던 이유는 따로 있었다.

처음부터 새롭게 기술을 개발해 우주선을 설계한 것이 아니라, 기존에 알려진 기술들을 규격에 맞게 재설계함으로써 시간을 단축시켰다.

뿐만 아니라 우주로켓 발사 기지의 경우, 부품을 모두 모듈화 하여 외부에서 제작한 뒤 건설 부지로 가져와 조립하면 끝이기에 이렇게 빨리 완성할 수 있던 것이다.

그리고 오늘, 수호는 대통령과 정부 관계자, 그리고 외부 귀빈을 초청해 뜻깊은 행사를 열기로 하였다.

"오늘 SH항공우주에서 개발한 무인 우주선의 발사를 축하하기 위해 모여 주신 귀빈 여러분, 저는 SH항공우주의 사장인 홍진호라고 합니다."

SH항공우주의 사장인 홍진호는 단상에 나와 인사를 하며 식의 진행 순서를 안내해 주었다.

모든 설명이 끝나자 대통령이 축전을 읽었고, SH 그룹의 회장인 수호의 축하 인사가 연이어 진행되었다.

"SH 그룹의 대표인 제가 우주개발을 천명하고 불과 18개월의 시간이 흘렀는데, 이렇게 짧은 시간 안에 우주선을 발사할 수 있도록 노력을 아끼지 않은 SH항공우주의 임직원들과 여러 과학자들의 노고를 잊지 않겠습니다."

지금까지 노력한 이들의 공로를 기억하겠다는 말로 시작된 수호의 연설은 듣는 이의 가슴을 크게 울렸다.

"이번에 발사하는 우주선은 발사 후, 반년간 머물며 우주에 떠도는 쓰레기들을 수거할 것입니다."

이어서 우주 쓰레기의 위험성을 한번 언급하고, 그것들을 왜 청소해야 하는지 말하면서 대한민국이 인류 발전에 이바지하고 있음을 주장했다.

이런 수호의 연설을 듣고 있던 참관인들과 SH 그룹 관계자들은 일제히 박수를 쳤다.

이들의 머릿속에는 각자 다른 생각을 품고 있었지만,

공통적으로 떠올리는 것이 있었다.

그동안 선진국들이 우주개발을 진행하면서 개발에만 신경 쓰느라 우주에 쌓인 쓰레기 문제는 등한시했다.

그러다 보니 이 문제를 먼저 처리하겠다고 나선 수호와 SH 그룹에 감사의 마음을 가질 수밖에 없었다.

그룹 회장인 수호의 연설이 끝나고 다시 마이크를 잡은 홍진호 사장은 오늘 발사할 예정인 셔틀의 제원에 대해서 설명했다.

"오늘 발사할 우주선은 고체 연료를 사용하는 2단 추진 기관과 우주 쓰레기를 수거할 셔틀 부분으로 나뉩니다. 그리고……."

로켓은 3단계로 구분이 되고, 1단계 22.5m, 2단계 10.3m, 3단계 25.7m로 총 길이 58.5m에 이른다.

거기다 2단계와 3단계는 모두 고체 연료로 구성된 추진부였다.

그리고 1단계는 우주 쓰레기를 수거할 셔틀이 자리하고 있었다.

또 이 셔틀의 경우, 2t의 쓰레기를 수용할 수 있는 적재창을 가지고 있고, 쓰레기 수거를 위한 네 개의 로봇 팔이 달려 있었다.

로봇 팔은 셔틀에 탑재된 인공지능 컴퓨터가 조종할 수 있었다.

"오늘 1호기를 발사한 뒤, 삼 개월 후에 2호기, 그리고 또 삼 개월이 지나고……."

SH항공우주에서는 총 다섯 대의 우주 쓰레기 수거 셔틀을 삼 개월 단위로 발사하겠다는 계획을 발표했다.

"그렇게 한반도 상공이 어느 정도 깨끗해지면, 다음 단계로 우주정거장을 건설할 예정입니다."

웅성웅성.

조금 전, 삼 개월 단위로 청소용 우주선을 발사할 계획이라고 할 때까지만 해도 사람들은 크게 동요하지 않았다.

그런데 다음 계획으로 우주정거장을 건설하겠다는 말이 끝나기 무섭게 여기저기서 웅성거리는 소리가 들렸다.

그도 그럴 것이, 우주선이야 지금도 여러 기업에서 자신들이 만든 것을 쏘아 올리고 있기에 그러려니 하며 넘어갈 수 있었다.

하지만 우주정거장이라니… 이 자리에 모인 기자들은 물론이고 각국의 귀빈들도 의문을 표하지 않을 수 없었다.

우주정거장이란 것은 단순한 구조물이 아니라 인간이 거주하고, 각종 실험을 하는 기지이다.

그 때문에 다른 무엇보다 안전이 중요했다.

그런데 이제 막 우주개발에 뛰어든 SH항공우주에서 우주정거장을 건설하겠다고 하니 놀라지 않을 수가 없던 것이다.

"정 회장, 그게 가능하겠습니까?"

이제는 대통령 자리에서 물러났지만, 역대 최고의 대통령이란 별명을 가지게 된 정동영 전 대통령이 궁금증을 참지 못하고 나직이 물었다.

"물론이지요. 이미 실제 정거장과 똑같은 사이즈로 만든 구조물이 이곳 앞바다에 설치가 되어 있습니다."

"허, 그래요?"

"예. 지금도 과학자들이 미비한 곳은 없는지 시험을 하고 있습니다."

SH항공우주의 기지가 있는 이곳, 가거도 앞바다에는 우주정거장의 프로토타입이 설치가 되어 안정성을 시험 중이었다.

프로토타입의 경우, 로켓 발사 기지가 건설될 때부터 함께 만들기 시작했는데, 이는 모두 비밀리에 진행되고 있었기 때문에 아직까지 외부에 알려지지 않은 상황이었다.

"역시나 SH 그룹이군."

수호의 설명을 들은 정동영 전 대통령은 고개를 끄덕였다.

지금까지의 SH 그룹의 행보를 생각해 보면, 우주정거장 건설을 입에 올렸다는 것이 어떤 의미를 가지고 있는지는 쉽게 알 수 있었다.

한편 우주 쓰레기 수거만 생각하고 이 자리에 온 미국이나, 러시아 관계자들에게 홍진호 사장의 우주정거장 건설 발표는 상당한 충격으로 다가왔다.

방금 전, 그가 발표한 사업의 규모가 어느 정도인지는 알 수 없었지만, 우주정거장이라는 이름을 생각하면 결코 작은 사이즈는 아닐 것이란 판단이 들었다.

SH항공우주의 초청으로 미국 대표, 아니, NASA의 대표로 온 윌리엄 멕밀란은 두 눈을 반짝였다.

한국은 우주개발에 뛰어든 지 삼십 년도 되지 않았고, 아주 짧은 역사를 가지고 있었다.

그러나 멕밀란은 한국인들의 뛰어난 두뇌와 근면, 성실함을 알기에 빠르게 발전할 것이라 예상하고 있었다.

물론 처음에는 미국이나 러시아와 같은 우주 기술 선진국도 아니고, 경제 대국이라 부르기도 힘든 한국이 우주정거장을 건설하겠다는 말에 깜짝 놀랐다.

아니, 정확하게 이야기하면 국가가 아닌 일개 기업이 주도해서 사업을 진행할 예정이라는 발표 때문이었다.

하지만 그는 그 말을 곧이곧대로 믿지 않고 대한민국 정부의 프로젝트로 판단했다.

상식적으로 일개 기업이 손을 대기에는 너무나 큰 사업이었기 때문이다.

그렇지만 그는 알지 못했다.

SH 그룹이 가진 기술력과 자금이 얼마나 대단한지 말이다.

발사식장에 참석한 멕밀란은 자신의 생각을 아득히 뛰어넘는 대한민국의 기술력에 놀라고 감탄했다.

'언제 여기까지 따라온 거지?'

천문학적인 예산을 집행하는 NASA도 우주정거장 건설은 부담될 수밖에 없는 일이었다.

그 때문에 여러 선진국들과 공동으로 자금을 투자해 프로젝트를 진행했다.

기술의 발전 덕분에 소모되는 비용이 예전보다는 줄어들었지만, 결코 무시할 수 있는 금액이 아니었다.

'돌아가면 좀 알아봐야 할 것 같군.'

굳이 여기서 누군가를 붙잡고 물어볼 필요 없이 본국으로 돌아가 조사하는 것이 낫다는 판단이 들어 가만히 있었다.

하지만 그와 다르게 궁금증을 참지 못하고 질문을 하는 사람이 있었다.

러시아 최고의 우주개발 연구 기관이자, 최초의 우주 비행사의 이름을 딴 유리 가가린 연구소의 대표였다.

"러시아 유리 가가린 연구소에서 온 유리 소브첸코라 합니다. 방금 전 우주정거장을 건설하겠다고 했는데, 그게 사실입니까?"

도저히 믿을 수 없다는 표정으로 묻는 유리 소브첸코에게 홍진호는 차분하게 대답을 해 주었다.

"물론입니다. 이미 모듈 제작에 들어간 상태이며, 최종 조립은 모든 모듈이 우주에 올라가는 삼 년 뒤에 시작할 것입니다."

홍진호 사장의 대답에 따르면 이 프로젝트는 마치 번갯불에 콩 튀겨 먹을 정도로 빠르게 전개될 예정이었다.

하지만 그의 말속에는 자신감이 가득했고, 이는 듣는 사람으로 하여금 신뢰감을 주었다.

"허, 그게 가능한 일입니까?"

그러나 소브첸코는 도저히 믿기 힘든 말이었기에 재차 물었다.

"다시 한번 말씀드리지만, 가능합니다. 저희……."

두 사람은 계속해서 문답을 주고받았다.

우주정거장은 SH 그룹이 사활을 걸고 진행 중인 프로젝트였다.

부품으로 쓰일 모듈은 이미 개발이 완료되어 우주와 비슷한 환경인 바닷속에서 이상 유무를 시험 중이었다.

그런데 지금껏 단 한 번의 오작동도 일어나지 않았고, 두 차례의 태풍에도 아무런 이상도 없었다.

이런 결과를 보았을 때, SH 그룹이 설계한 우주정거장은 우주에서도 충분히 제 기능을 발휘할 것으로 예상되었다.

그렇기 때문에 홍진호 사장은 질문에 대답하면서도 한 치의 머뭇거림도 없었다.

웅성웅성.

찰칵! 찰칵!

홍진호 사장의 답변이 끝나자 분위기는 조금 더 어수선하게 변했고, 그와 반대로 기자들의 카메라 셔터 누르는 손놀림은 더욱 바빠졌다.

하지만 그것도 어느 정도 시간이 지나자 조금씩 줄어들었고, 급기야 다시 조용해졌다.

그러자 잠깐 중단된 식이 이어서 진행되었다.

"그럼, 스페이스 스위퍼—01을 맞이해 주십시오."

드디어 SH항공우주에서 설계하고 제작한 우주선의 모습이 드러났다.

내부 격납고에 수용되어 있던 발사체와 결합된 스페이스 스위퍼—01이 그 자태를 뽐냈다.

무인 우주선이었지만, 그 크기가 다른 우주선에 비해 작다 보니 로켓 몸체에 붙어 있는 왕복선 형태가 아닌 로켓 상부에 결합된 모양의 발사체였다.

"저게 무인으로 운용이 된다는 것이죠?"

정동영 전 대통령의 옆에 앉아 있던 현직 대통령 신준식이 물었다.

아무리 대통령이라지만, 자신의 생사여탈권을 쥐고 있는 수호에게 하는 질문이다 보니 무척이나 조심스러웠다.

그런 모습이 이상하게 보일 수도 있지만, 주변에 있는 귀빈들 중 어느 누구도 알아차리지 못했다.

그도 그럴 것이, 그들의 눈앞에 나타난 SH항공우주에서 개발한 우주선의 모습을 보느라 정신이 없었기에, 신준식의 말투를 신경 쓰는 이는 없는 게 당연했다.

대통령의 말투보다는 새로운 구경거리가 더욱 신기했기 때문이다.

*　　　*　　　*

ISS는 인간이 우주에서 장기 체류할 수 있도록 여러 가지 실험과 연구를 진행할 목적으로 건설되었다.

우주정거장을 짓는 일은 인류가 지구를 벗어나 본격적으로 우주식민지를 개척하기 위해 필요한 일이었다.

우주개발 초기에는 각국의 이해관계와 들어가는 비용

의 문제로 인해 크게 주목을 받지 못했지만, 과학기술이 발전하고 우주여행에 대한 사람들의 관심이 커지면서 우주정거장 건설의 필요성에 대한 목소리가 높아졌다.

하지만 많은 화제성을 끌었다고 해서 모든 난관을 극복한 것은 아니었다.

예산이 언제나 문젯거리로 남아 있었기 때문이다.

그 문제를 해결하기 위해 여러 국가가 건설비를 분담하는 대신, 연구 성과를 공유하기로 협의하고 ISS의 건조를 시작했다.

그런데 모듈을 실어 나르던 우주왕복선의 폭발 사고 등으로 인해 건설이 중단되었고, 그로 인해 완공되지 못한 채 사업 규모가 줄어들었다.

하지만 그곳에서의 연구는 계속되었다.

*　　　*　　　*

"조쉬, 오늘 스케줄이 어떻게 돼?"

엘런 무어는 태양의 전자기를 연구하는 조쉬 그레함에게 물었다.

"엘런, 혹시 외부 작업할 예정이면, 오늘은 참아."

엘런의 질문을 받은 조쉬가 모니터를 보던 중 눈만

힐끗하며 대답했다.

그 대답에 고개를 갸웃거린 엘런은 다시 한번 조심스럽게 물었다.

"무슨 일 있어?"

"응. 아무래도 오늘이나 내일 중으로 대폭발이 있을 것 같아."

"뭐라고!"

대폭발이 있을 것 같다는 조쉬의 말에 엘런은 깜짝 놀랐다.

조쉬가 얘기하는 대폭발이 무엇을 의미하는 것인지 잘 알기 때문이었다.

"그럼 지상에도 알려야 하지 않아?"

"맞아. 그렇지 않아도 그것 때문에 자료를 뽑는 중이야."

조쉬는 대화하며 뒤도 한 번 돌아보지 않고 지상관제소에 보낼 자료를 정신없이 정리하고 있었다.

태양은 지금 이 순간에도 계속해서 폭발을 일으키며 에너지를 방출하고 있었다.

이는 수소폭탄의 천 배가 넘는 어마어마한 규모였다.

하지만 종종 그보다 훨씬 거대한 폭발을 일으킬 때가 있었다.

이때 발생한 태양풍으로 인해 지구 상공에 떠 있는

인공위성이나, 비행기, 그리고 지상의 많은 전자 기기들이 고장은 물론이고, 전파간섭으로 인해 통신이 두절되기도 했다.

심할 경우 인공위성이 고장이 나 한순간에 우주 쓰레기가 될 수도 있었다.

때문에 그런 상황을 막기 위해서라도 태양폭발은 수시로 관찰하여 대비해야만 했다.

"참! 애쉴리가 유니티 모듈 쪽 태양전지판에 문제가 있어서 그걸 정비한다고 하던데?"

"오늘하고 내일만은 참아 달라고 전해 줘."

미국 국적의 엔지니어인 애쉴리 하버의 오늘 스케줄을 떠올린 엘런이 말하자, 조쉬는 자신의 바쁜 상황 때문에 엘런에게 대신 전달해 달라는 부탁을 하였다.

그런 조쉬의 말에 엘런은 알겠다는 대답과 함께 자리를 떠났다.

한편, 태양전지판에 무슨 문제가 있는 것인지 모듈에 전원이 제대로 공급되지 않고 있었다.

이 문제를 해결하기 위해 애쉴리 하버는 우주정거장 외부로 나가 태양전지판을 살펴볼 준비를 하였다.

그녀는 2026년에 새롭게 지급된 신형 우주복을 입고 있었는데, 기존의 우주복보다 훨씬 활동성이 우수했다.

우주선 외부에서 작업하기 때문에 각종 안전장치와

혹시 모를 비상사태를 대비한 신호기 등을 점검한 애쉴리는 모든 것이 정상적으로 작동하는 것을 확인하고는 작업을 하기 위해 나섰다.

치이익!

ISS 밖으로 나가기 위해선 생활 구역과 우주 공간을 잇는 차폐 장치 안으로 들어가야 했다.

저벅! 저벅!

치이익!

차폐 장치 안으로 들어간 애쉴리는 들어온 문을 닫고, 외부 문을 열기 위해 공기를 뺐다.

그런데 이때, 스피커를 통해 누군가 그녀를 불렀다.

— 애쉴리, 잠시만 기다려!

목소리의 주인공은 같은 미국 국적의 엘런 무어였다.

"엘런, 무슨 일이야?"

작업을 하기 위해 나가는 자신을 멈춰 세운 엘런의 말에 애쉴리는 작은 의문이 들었지만, 하던 일을 멈추진 않았다.

오늘 해야 할 작업이 쉽지 않다 보니 서둘러야 했기 때문이다.

─ 조쉬에게서 오늘부터 내일까진 외부 작업을 중단하라는 이야기를 들었어.

엘런은 자신이 들은 조쉬의 경고를 그대로 애쉴리에게 전달했다.

하지만 애쉴리는 그 경고를 듣지 않았다.

"엘런, 오늘 작업을 하지 않으면, 전력 부족으로 연구를 더 이상 못할 수도 있어."

유니티 모듈의 태양전지판 이상으로 현재 ISS에 필요한 전력이 20%나 줄어든 상황이었다.

그 때문에 각 모듈에서 연구 중인 프로젝트들이 심각한 영향을 받을 수도 있었다.

아니, 프로젝트의 실패는 넘어갈 수 있지만, 이런 전력 부족 사태가 계속된다면 ISS의 운용에도 심각한 문제가 발생할 수 있기에 애쉴리는 엘런의 경고에도 불구하고 문제를 해결하기 위해 외부로 나갔다.

─ 그러면 최소한으로 작업을 끝내고 돌아와.

"알았어. 너무 걱정하지 마!"

애쉴리는 앨런을 안심시키는 말과 함께 해치를 닫고 우주로 나갔다.

그런 애쉴리를 본 엘런은 잠깐 불안한 마음이 일기는 했지만, 그런 생각을 떨치기 위해 작게 중얼거렸다.

"한두 시간 정도는 괜찮겠지."

조쉬 그레함으로부터 태양의 대폭발이 일어날 가능성이 있다고 경고를 듣기는 했지만, 그게 언제 일어난다는 말은 듣지 못했다.

그래서 외부 작업을 하지 말라는 경고가 있었음에도 한두 시간 정도면 괜찮을 거라는 안일한 생각을 하였다.

하지만 이 일이 얼마나 심각한 사건을 불러일으킬지는 엘런은 알지 못했다.

*   *   *

지상관제 센터로 보낼 자료를 모두 뽑은 조쉬 그레함은 집중을 하느라 피곤해진 눈의 피로를 풀기 위해 마른세수를 하고 미간을 주물렀다.

그러고는 고개를 들어 기지개를 켜며 온몸의 근육을 이완시켰다.

"으아아! 죽겠네."

한동안 웅크리고 모니터를 집중해서 보다 보니 온몸의 근육이 뭉쳐 있었다.

뚜드득!

"어!"

그렇게 스트레칭을 하며 근육을 풀어 주던 조쉬 그레함의 눈에 뭔가 이상한 것이 들어왔다.

그것은 바로 유니티 모듈에 있는 태양전지판의 전원 공급 장치를 손보기 위해 외부로 나간 애쉴리의 모습이었다.

띠이!

"애쉴리!"

조쉬 그레함은 급히 무전기의 송신 버튼을 켜고 급히 외부 작업을 하는 애쉴리를 호출했다.

자신이 강력한 태양풍이 불어올 것이라 경고했음에도 불구하고 외부 작업을 하러 나간 그녀를 ISS 안으로 불러들이기 위해 신호를 보낸 것이다.

엘런을 통해 경고를 하기는 했지만, 혹시나 그를 만나지 못했다면 직접 이야기를 하기 위해서였다.

치직!

─ 조쉬, 무슨 일이야?

스피커를 통해 애쉴리의 목소리가 들려왔다.

통신이 연결되자 조쉬는 곧바로 말을 꺼냈다.

"혹시 엘런에게서 내가 한 말 듣지 못했어?"

— 아, 오늘과 내일 외부 작업을 하지 말라고 한 거 말이지?

다급한 조쉬와 달리 애쉴리는 너무나 태연했다.

애쉴리가 자신이 한 경고를 전달받았다는 것을 듣게 된 조쉬는 굳은 표정으로 다급히 이야기했다.

"애쉴리, 장난 아니야! 어서 들어와!"

조쉬가 오늘 측정한 태양의 자기 변화는 무척이나 심각한 수준이었다.

언제 대폭발이 일어나도 이상할 것이 없는 상황이었다.

지금 태양 표면에서 벌어지고 있는 변화는 지금까지 태양을 관측한 이래 너무나 급속도로 변하고 있었다.

— 조쉬, 무슨 말인지 알겠는데, 이것도 지금 심각한 일이야. 금방 끝내고 들어갈 테니까, 너무 걱정하지 마.

조쉬의 심각한 마음과는 다르게 애쉴리에게서 들려온 대답은 너무나 확고했다.

지금 태양전지판을 살펴보지 않으면, 이곳 ISS에서

연구를 하고 있는 다른 승무원들도 피해를 입게 된다.

그들은 각자 인류의 발전을 위해 중요한 일을 하고 있었다.

그렇기 때문에 애쉬리가 저러는 것도 이해가 가기는 했다.

삐삐삐삐!

느닷없이 측정기가 경고 신호를 보내왔다.

"이런!"

우려하던 일이 벌어진 것이었다.

그동안 태양폭발의 징후만 보여 주던 측정기에서 요란한 경고음과 함께 태양 표면에서 거대 폭발이 일어났으며, 그로 인해 생겨난 태양풍이 지구로 불어오고 있음을 알렸다.

더욱이 자기폭풍의 세기는 관측 이래 세 손가락에 들어갈 정도로 강력했다.

이 상태로 통신을 열어 두었다가는 자칫 자기폭풍의 영향으로 ISS 내부 시설이 파괴될 수도 있었다.

"애쉬리, 얼른 들어와!"

조쉬는 다급한 목소리로 애쉬리에게 ISS로 돌아오라고 재촉했다.

하지만 아직까지 사태의 심각성을 모르는 애쉬리는 자꾸만 자신을 부르며 작업을 방해하는 조쉬의 행동에 짜증이 났다.

— 알아서 들어갈 테니까, 그만해!

"애쉴리, 장난 아니야! 지금 태양풍이 몰려오고 있다고!"

급기야 조쉬는 고함을 질렀다.

그런 조쉬의 진지한 반응에 짜증을 내던 애쉴리도 더이상 작업을 이어 갈 순 없었다.

조금 전 그의 말투에서 상황의 심각성을 느꼈기 때문이다.

— …알았어.

무전을 끝낸 애쉴리는 급히 하던 작업을 멈추고 다시 돌아가기 위해 움직였다.

*　　　*　　　*

태양의 흑점 폭발로 인해 발생한 자기폭풍은 ISS는 물론이고, 지구에서도 큰 소요를 일으켰다.

그도 그럴 것이, ISS로부터 강력한 자기폭풍이 발생

할지도 모른다는 경고를 받은 지 불과 한 시간도 지나지 않아 흑점 폭발에 의한 거대한 자기폭풍이 지구를 향해 밀려오고 있다는 통신을 받았기 때문이다.

이 때문에 ISS와 교신을 담당하는 NASA는 급히 전 세계에 비상 경보를 발송했다.

곧 많은 나라가 긴급 속보를 통해 국민들에게 알렸고, 이로 인해 운항하기 위해 이륙 준비를 하던 항공기들은 제자리에서 멈춘 후 자기폭풍이 지나가길 기다렸다.

이미 운항 중인 항공기의 경우, 비상경보를 수신한 직후 가까운 인접 공항에 착륙을 하였다.

"제임스, 위성은 어떻게 되었나?"

NASA의 소장인 에드워드 펄싱은 위성통제국 국장인 제임스 휴즈에게 물었다.

"매뉴얼대로 자기폭풍이 지나갈 동안 운용을 멈췄습니다."

"좋아, ISS는 어떻게 하고 있나?"

ISS의 경고를 받은 NASA는 태양으로부터 자기폭풍이 지구로 도달하기 전, 최대한 빠르게 대처할 준비를 마쳤다.

그러니 이제 ISS만 무사하면 별다른 문제는 없을 것이었다.

어차피 다른 시설이야 ISS와 비교하면 그리 중요하지 않았기 때문이다.

이번 자기폭풍으로 고장이 난다면 새롭게 쏘아 올리거나, 수거하여 고쳐 재활용하면 그만이었다.

그러나 ISS는 여러 가지 복잡한 관계가 얽혀 있다 보니 NASA가 독자적으로 할 수 있는 것이 없었다.

더욱이 ISS의 사용 수명이 벌써 몇 년 남지도 않아 이번 자기폭풍을 견딜 수 있을지 걱정이 되었다.

NASA는 오래전부터 현재 사용하고 있는 ISS의 수명이 다하기 전에 새로운 ISS를 건설하자고 각국에 제안했다.

하지만 예산이 문제가 되거나, 복잡한 국제 관계로 인해 번번이 무산되었다.

그러다 보니 어쩔 수 없이 수명이 얼마 남지 않은 ISS를 지금까지 수리해 가며 사용하는 중이었다.

한데, 이번 자기폭풍은 그 세기가 지금까지 불어온 것 중에서도 세 손가락 안에 들어가는 강력함을 자랑하고 있었다.

그 때문에 에드워드 소장은 ISS가 이번 자기폭풍에서 무사할지 걱정이 되었다.

"현재 외부 작업을 나간 애쉴리 하버를 급히 ISS 안으로 불러들이고 있다고 합니다."

"뭐? 그게 무슨 소리야! 외부 작업이라니?"

제임스 국장의 대답을 들은 에드워드 소장은 깜짝 놀라 소리쳤다.

태양의 자기폭풍이 예상되고 있는데 경고를 무시하고 외부 작업을 하다니, 이게 말이 되는 소리란 말인가.

"어떻게 자기폭풍이 일어날 것을 알면서 외부에 나가 작업을 해?"

다른 곳도 아니고 인간의 생명을 유지할 수 있는 환경 중 극한이라 평가받는 우주에서 생활하고 있는데, 정해진 매뉴얼을 무시했다는 것이 그로서는 이해가 가지 않았다.

"그게……."

제임스 국장은 엔지니어로 파견된 애쉴리 하버가 무엇 때문에 ISS의 외부에 나가 작업을 하게 되었는지 설명을 해 주었다.

"으음……."

ISS는 우주 공간에서 각종 실험을 하다 보니 많은 전력을 소비하기 때문에 외부에 설치된 태양전지판으로 전력을 생산하고 공급받았다.

그런데 문제는 ISS가 건설된 지 꽤 시간이 흘렀고, 처음 건설할 때 완전하게 다 지어진 것이 아니라 모듈을 운반하던 우주왕복선의 폭발 사고로 인해 도중에 중단이 되면서 그 규모가 3분의 2로 축소되고 말았다.

그러다 보니 처음 목표한 숫자만큼 태양전지판을 설치하지 못했고, ISS 내 전력 문제는 NASA에 수시로 보고되고 있었다.

그렇지만 그것은 우선순위에서 밀려 지금까지 아무런 대책을 세우지 못하고 지금에 이르렀다.

그 때문에 애쉴리 하버가 고장 난 태양전지판을 고치기 위해 무리하게 외부로 나간 것이었다.

"젠장……."

이유를 들은 에드워드 소장은 저도 모르게 욕을 내뱉고 말았다.

작은 이권 때문에 인류의 발전을 위해 위험을 무릅쓰고 ISS에서 연구를 하는 이들이 심각한 상황에 놓여 있다는 것을 알게 되었기 때문이다.

"혹시 만일의 사태를 대비해 우리가 준비해야 할 것이 있나?"

"음… 여기서 저희가 할 수 있는 일은 아무것도 없습니다. 그저 이번 자기폭풍에서 모두가 무사하길 기도할 수밖에는……."

제임스 국장은 에드워드 소장의 물음에 딱딱하게 굳은 얼굴로 조심스레 대답했다.

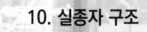

10. 실종자 구조

KSS(한국우주정거장)의 모듈 제작을 검토하던 수호에게 인공지능 쥬피터의 말이 들려왔다.

[마스터, 청와대에서 긴급 호출이 왔습니다.]

"긴급 호출? 나를 왜?"

느닷없는 청와대의 긴급 호출에 수호는 고개를 갸웃거리며 물었다.

그런 수호의 질문에 쥬피터는 청와대에서 무엇 때문에 그를 찾는 것인지 설명을 해 주었다.

[아마도 한 시간 전에 발생한 자기폭풍 때문일 것입니다.]

"자기폭풍?"

[예. 한 시간 전 태양의 흑점이 폭발하면서 강력한 자기폭풍이 발생했습니다. 그로 인해……]

쥬피터는 한 시간 전 태양의 흑점 폭발과 그로 인해 발생한 자기폭풍이 일으킨 문제에 대해 설명했다.

"우린 문제없나?"

[아직까지 보고받은 피해는 없습니다.]

NASA에서 자기폭풍이 발생하기 전 미리 경고를 하였기에, 충분히 대비한 대한민국은 별다른 피해를 받지 않았다.

"그래? 그럼 다행이네."

쥬피터의 말을 듣고 안심한 수호는 청와대와 통화할 준비를 마쳤다.

청와대에서 자신을 호출했다고 하니, 일단 어떤 문제가 있는 것인지 이야기를 들어 봐야 할 것 같았다.

"연결해 줘."

[알겠습니다. 바로 연결하겠습니다.]

잠시 후.

"안녕하십니까, 정수호입니다."

대통령과 직통으로 연결이 되자, 수호는 담담한 목소리로 인사를 건넸다.

*   *   *

미국 대통령으로부터 직통전화를 받은 신준식 대통령은 긴장한 상태였다.

대한민국의 위상이 올라갔다고는 하지만, 미국은 오래전부터 세계 최고의 위치에 있는 나라였다.

그런 세계 최강 미국의 대통령이 직통전화를 한 것이다.

"안녕하십니까, 대통령님."

아무런 사전 교감도 없이 직통전화를 건 제레미 라이스 대통령으로 인해 신준식의 목소리는 굳어 있었다.

작년에 치러진 대선을 통해 실각된 존 바이드 대통령의 뒤를 이어 직무 대행에서 정식 대통령이 된 제레미 라이스는, 신준식 대통령과 취임 축하 전화를 한 뒤로 공식적으로 직통전화를 하는 것은 처음이었다.

— 오랜만입니다. 그런데 죄송하지만, 너무 급한 일이라 인사도 제대로 못하고 부탁부터 드려야 할 것 같습니다.

한국 대통령에게 부탁을 해야 하는 것에 떨떠름한 감정을 느끼는지 제레미 라이스 대통령의 목소리는 그리 밝지 못했다.

한편 다짜고짜 부탁을 하겠다는 말에 신준식은 조금 이지만 긴장이 풀리는 것을 느끼며 조심스럽게 대답을 하였다.

"무슨 일 때문인지는 모르겠지만, 대한민국과 미국은 여전히 동맹 관계이잖습니까."

신준식 대통령은 여전히 동맹 관계라는 말을 통해 지원을 아끼지 않겠다는 말을 돌려서 했다.

한때 소원해지기도 했지만, 한일 전쟁 이후 국가 간의 관계를 회복하는 중이었다.

— 그렇게 말씀을 해 주시니 정말 감사합니다.

제레미 라이스 대통령은 신준식 대통령의 대답을 듣고는 용건을 이야기하기 시작했다.

— ISS에 사고가 발생했습니다. 이번 태양풍이…….

미국이 한국에게 부탁한 용건은 다름 아닌 ISS에 파견되어 있는 자국민을 구해 달라는 것이었다.

한 시간 전, 태양의 흑점 폭발로 인해 발생한 자기폭풍의 영향으로 ISS는 심각한 피해를 입었다.

몇몇 과학자와 엔지니어가 심각한 부상을 입거나, 사

고를 당해 지구로의 후송이 필요한데, 그들을 후송할 여력이 없다는 것이었다.

특히나 부상자를 안전하게 후송하는 것보다 심각한 것은 이번 사고로 인해 엔지니어 중 한 명이 실종되었다는 사실이다.

자칫 실종된 엔지니어가 ISS의 문제점을 해결하기 위해 홀로 외부 작업을 하러 우주로 나갔다는 사실이 알려진다면, 사회적으로 큰 혼란이 야기될 것이 분명했다.

그도 그럴 것이, ISS가 많은 문제를 가지고 있음을 알고 있으면서도 과학자들과 엔지니어들을 보냈다는 비난을 피할 수 없었기 때문이다.

제레미 라이스 대통령으로서는 이러한 혼란이 오기 전에 문제를 해결하기 위해 가장 최선의 방법을 찾았고, 그것이 바로 현재 자체적으로 우주왕복선을 개발해 운용 중인 대한민국이었다.

비록 자신들보다 훨씬 뒤늦게 개발에 뛰어든 한국이지만, 최근 가장 활발하게 우주개발을 하고 있는 나라가 대한민국이었다.

특히나 지금도 우주왕복선이 수시로 지구와 우주를 오가는 그들이라면 충분히 도움이 될 것이란 판단을 내린 제레미 라이스 대통령이 한국 대통령에게 직통전화를 건 것이다.

"무슨 말씀인지 알겠습니다. 하지만 그것은 전적으로 SH 그룹의 소유라 확답을 드리지는 못할 것 같습니다."

제레미 라이스 대통령이 어떤 부탁을 하고 있는지 알아들었지만, 신준식 대통령으로서는 강제할 수가 없는 문제였다.

대한민국의 우주개발은 국가사업이 아닌 SH 그룹의 민간사업이었다.

물론 외부에서 바라보는 시선 때문에 정부에서도 어느 정도 투자를 하기는 했지만, 그것도 SH 그룹에 사정사정해서 겨우 지분을 넣을 수 있었다.

이런 상황이다 보니 정부라고 해서 민간사업에 이러쿵저러쿵 간섭을 하는 것은 불가능했다.

*   *   *

제레미 라이스 대통령과 통화를 마친 신준식은 잠시 고민을 하다 수호에게 연락을 하였다.

자신의 생명 줄을 쥐고 있는 수호와 웬만하면 통화를 하고 싶지 않았지만, 이번 일은 개인의 감정으로 처리할 문제가 아니었다.

미국과의 관계를 보다 개선할 수 있었고, 국제적으로도 대한민국의 이름을 드높일 수 있는 일이었기 때문이다.

"대통령님, SH 그룹의 정수호 회장이 연결되었습니다."

연락을 넣은 지 얼마 되지 않아 SH 그룹에서 답신이 왔다.

비서실장의 보고를 받은 신준식은 고개를 끄덕이고는 손짓으로 그를 내보냈다.

탁!

대통령의 손짓에 따라 비서실장이 나가고, 신준식은 조심스러운 목소리로 통화를 하기 시작했다.

"정 회장님, 오랜만입니다."

자신이 나이도 많고, 대한민국으로 한정하면 사회적 직위도 가장 높은 곳에 있었지만, 신준식은 수호를 상대로 그러한 우위를 점할 수 없었다.

"다름이 아니라……."

신준식은 조금 전 제레미 라이스 대통령과 나눈 대화를 가감 없이 들려주었다.

그리고 이야기 말미에 그의 생각도 첨언을 하였다.

수호에게 연락을 한 이유를 모두 설명한 신준식 대통령은 속으로 한숨을 내쉬었다.

'후우!'

통화를 하면서 왠지 모를 압박감을 느꼈기 때문이다.

— 그런 문제가 생겼다면 당연히 도와야죠.

어렵게 이야기를 꺼냈는데, 수호에게서 들려온 대답은 너무나 명쾌했다.

그러다 보니 신준식은 자신이 무엇 때문에 이렇게 고민을 했나 싶어 허탈한 감정마저 들었다.

'이렇게 간단하게 끝날 일이었나?'

*　　　*　　　*

대통령에게서 무엇 때문에 긴급 호출을 한 것인지 이야기를 전해 들은 수호가 흔쾌히 수락한 이유는 별 게아니었다.

위험에 처한 사람을 돕는 것은 수호의 입장에선 당연한 일이었기 때문이다.

설령 대한민국의 시설에서 일어난 사고가 아니거나, 피해를 입은 이들이 대한민국 국적이 아니더라도 마찬가지였다.

이런 수호의 행동이 인간의 범주에서 벗어나 있으면

서도 본인이 인간이었음을 잊지 않는 비결이었다.

"슬레인, 지금까지 한 이야기는 들었겠지?"

수호는 처음 자신에게 보고를 한 쥬피터가 아니라 슬레인을 호출해 물었다.

"네, 들었습니다."

"그럼 이제 어떻게 하면 될까?"

대통령으로부터 사건의 대략적인 내용을 들었다.

하지만 정확한 경위를 알고 있는 것은 아니기에, 앞으로 자신이 어떻게 해야 할지 조언을 듣기 위해 슬레인에게 물어본 것이었다.

"다른 것보다 먼저 우선시 되어야 할 것은 실종된 엔지니어를 찾는 일인 것 같습니다."

"그래?"

"예. 알아보니 엔지니어가 ISS의 문제점을 해결하기 위해 홀로 나갔더군요. 이 사실이 알려지면 사회적으로 많은 말들이 나올 거 같습니다."

슬레인은 문제의 핵심을 파악하고 이를 수호에게 들려주었다.

"하긴 미국 대통령도 이 문제 때문에 꽤나 시달린 것 같군. 그럼 가장 시급한 일부터 처리하지. 실종된 엔지니어 수색에 중점을 두고, 고장 난 ISS에 남은 부상자와 과학자들을 무사히 지구로 귀환시키자고."

슬레인의 간단한 조언을 들은 수호는 문제의 핵심을 파악했다.

"네, 알겠습니다."

"일단 스페이스 스위퍼(SS)의 작업을 중단하고, 실종자 수색에 동원해."

총 다섯 대의 스페이스 스위퍼는 한반도 상공에서 우주 쓰레기 수거 작업을 하고 있었는데, 이것을 중단시켰다.

이로 인해 얼마나 큰 경제적 손실이 발생할지는 알 수 없었지만, 인명을 구하는 일이기에 수호는 망설이지 않았다.

"알겠습니다. 지상 통제 센터에서도 실종자 탐색에 힘쓰겠습니다."

슬레인은 수호의 명령이 떨어지자, 스페이스 스위퍼뿐만 아니라 이를 통제하는 지상 통제 센터에서도 실종자 탐색에 나서겠다는 말을 하였다.

"그건 알아서 하도록 해."

"알겠습니다."

수호의 명령은 슬레인을 통해 빠르게 전파되었다.

그로 인해 가거도 SH항공우주의 지상 통제 센터에서는 긴급히 명령을 수행하기 위해 비상사태가 발령되었다.

다른 나라의 우주 센터는 한 시간 전쯤에 발생한 자기폭풍의 영향으로 아직까지 제대로 위성을 통제하지 못하고 있었지만, 이곳 SH항공우주 지상 통제 센터의 상황은 그렇지 않았다.

진보된 기술력으로 인해 자기폭풍의 영향을 비교적 적게 받고 있었다.

물론 스페이스 스위퍼를 통제하는데 약간의 악영향을 받기는 했지만, 충분히 극복 가능한 수준이었다.

"스페이스 스위퍼—01, ISS를 중심으로 탐색을 시작합니다."

"스페이스 스위퍼—02, ISS……."

"스페이스 스위퍼—03, ISS……."

"스페이스 스위퍼—04, ISS……."

"스페이스 스위퍼—05, ISS……."

다섯 기의 스페이스 스위퍼는 사고가 발생한 ISS를 중심으로 외부 작업을 하던 중 실종된 엔지니어의 수색에 들어갔다.

그와 동시에 가거도에 위치한 SH항공우주의 지상 통제 센터도 확인 가능한 구역에 대한 추적과 탐색을 시작했다.

지상에 있는 세계 각국의 우주 센터들은 우주에 있는 아주 작은 물체까지도 번호를 매겨 추적하고 있었다.

그러다 보니 이번에 새롭게 생긴 물체를 추적하는 것은 그렇게 어려운 일이 아니었다.

그도 그럴 것이, 기존에 입력된 데이터 정보와 다른 궤적을 보이는 물체를 찾아내면 되는 일이었기 때문이다.

더욱이 SH항공우주의 지상 통제 센터에 있는 추적 레이더와 스페이스 스위퍼에 장착된 추적 레이더는 현존하는 레이더 중 가장 성능이 우수한 것이기 때문에 물체의 크기가 밀리미터 단위라고 해도 놓치지 않았다.

그러니 우주복을 입고 있는 사람 정도의 크기라면 충분히 찾아낼 수 있을 것이었다.

＊　　　＊　　　＊

미국도 한국 정부에 협조 요청을 하고 손 놓고만 있지는 않았다

비록 자기폭풍의 영향으로 기기들이 정상 작동을 하지 않고 있었지만, 자국민 구출을 다른 나라에게 맡기고 가만히 기다리는 것은 미국의 정서와 맞지 않았기 때문이다.

"에드워드 소장, 아직도 ISS와 통신이 연결되지 않습니까?"

제레미 라이스 대통령은 NASA의 책임자인 에드워드 펄싱 소장에게 물었다.

"죄송합니다. 아직도 자기폭풍의 영향에서 벗어나지 못하고 있어……."

에드워드 소장은 그저 죄송하다는 말만 반복할 따름이었다.

불가항력적인 일이었지만, 사고로 인해 한 명이 실종된 상태였다.

게다가 이 사실도 자기폭풍의 영향을 잠시 벗어났을 때 ISS와 통신이 연결되며 알게 된 것이었다.

하지만 다시 시작된 자기폭풍으로 인해 통신이 두절되면서 ISS가 어떤 상황에 놓여 있는지 알 수 없게 되었다.

"스컬리스 국장! NRO는 어때?"

미국 국가정찰국 국장을 호출한 제레미 라이스 대통령은 그에게 물었다.

"죄송합니다. 저희 또한 자기폭풍의 영향으로 정상적으로 작동하는 위성이 적어……."

NASA의 소장에 이어 NRO 국장을 소환해 물어보았지만, 들려오는 대답은 신통치 않았다.

사실 이미 한 시간 전에도 들은 사실이었지만, 답답함을 참지 못하고 다시 한번 물어본 것이었다.

태양의 흑점 폭발로 인해 생겨난 자기폭풍의 영향을 받아 세계 최고의 기술력을 가지고 있는 두 기관이 제대로 활동하지 못하게 되자, 세계 최강인 미국도 어쩔 도리가 없었다.

하지만 그 사실을 알면서도 제레미 라이스 대통령은 착잡한 마음을 감출 수가 없었다.

자신이 부통령으로 직무 대행을 맡았을 때부터 대통령에 당선된 지금까지 악재가 계속해서 터지고 있었다.

"프레지던트! 한국 대통령의 전화입니다."

제레미 라이스 대통령은 느닷없는 비서실장의 말에 혼자만의 상념에서 깨어나 전화를 넘겨받았다.

"조금 전 통화를 했는데, 어쩐 일입니까?"

협조 요청을 하기 위해 통화한 지 얼마 지나지 않아 다시 전화를 걸어온 신준식 대통령의 의도를 알 수 없어 질문을 던졌다.

"네? 그게 정말입니까! 이거, 뭐라고 감사의 말씀을 드려야 할지 모르겠습니다."

제레미 라이스 대통령은 신준식 대통령으로부터 뜻밖의 대답을 듣고 너무 놀라 큰 소리로 대답했다.

그런 대통령의 모습에 가만히 지켜보고 있던 NSC 위원들은 모두 놀란 표정을 지었다.

아무리 충격적인 일이 있어도 좀처럼 감정을 드러내

는 모습을 보이지 않던 그였기에 그들이 느끼는 감정은 더 컸다.

그렇게 신준식 대통령과 통화를 마친 제레미 라이스를 보며 NSC 위원들은 어떤 말이 오갔는지 물었다.

"도대체 무슨 이야기를 나눴기에 대통령님께서 그런 반응을 보이신 겁니까?"

존 바이드 대통령 시절부터 지금까지 국무 장관의 자리를 지킨 밀라 모리스가 물었다.

"아, 다름이 아니라 우리가 염원하던 대로 한국이 협조를 하기로 했습니다."

"한국에서 협조한다고요? 그렇다면 SH 그룹에서 실종자 수색에 도움을 주겠다고 약속했다는 말입니까?"

도저히 믿기 힘든 일이었기에 밀라 모리스 국무 장관은 확인 차 다시 한번 물었다.

그런 밀라 모리스 국무 장관의 반응이 이해가 간다는 듯이 제레미 라이스 대통령이 대답을 해 주었다.

"실종자 수색은 물론이고, ISS에 고립된 부상자들을 지구로 복귀시키는 것도 도와주겠다고 했다는군."

"아!"

대통령의 대답이 끝나자 앉아 있던 NSC 위원들뿐만 아니라 보고를 하기 위해 자리에 있던 NASA의 소장인 에드워드 펄싱, NRO 국장인 크리스 스컬리스도 놀람을 감추지 못했다.

특히나 에드워드 소장의 충격은 다른 이들보다 더했다.

그도 그럴 것이, SH 그룹에서 현재 진행하고 있는 프로젝트의 규모를 너무도 잘 알고 있었기 때문이다.

자체적으로 우주정거장을 건설하는데 드는 예산이 얼마나 많은지 이미 그러한 프로젝트를 진행한 경험이 있는 그로서는 잘 알고 있을 수밖에 없었다.

그런 프로젝트를 잠시 중단하고 다른 나라의 엔지니어를 구하기 위해 나선다는 것이 얼마나 대단한 일인지 알기에 에드워드 소장이 느낀 충격과 감격은 이루 말할 수가 없었다.

　　　　*　　　　*　　　　*

백악관에서 자기폭풍으로 인해 사고가 발생한 ISS에 관한 대책을 논의하고 있을 때, 대한민국 정부가 아닌 일개 기업인 SH 그룹에서 위기에 처한 ISS를 돕기 위해 나섰다는 소식이 순식간에 전 세계로 퍼져 나갔다.

SH 그룹에서는 사고 소식을 철저히 비밀리에 붙이고 있던 미국과는 다르게 기자들에게 정보를 흘렸고, 특종을 추구하는 기자들은 이러한 소식을 누구보다 빠르게 뉴스로 전달하기 시작했다.

[속보입니다. 두 시간 전, 태양흑점 폭발로 발생한 자기폭풍에 의해 ISS(국제우주정거장)에 사고가 발생했다고 합니다. 그로 인해…….]

[두 시간 전 발생한 태양풍으로 인해 ISS에서 사고가 발생하였고, 그 과정에서 부상자와 실종자가 발생했다는…….]

전 세계 곳곳에 있는 언론에서 이번에 발생한 사고를 대대적으로 보도하였다.

그도 그럴 것이, 단순한 사고 소식도 아니고 우주 공간에 떠 있는 ISS에서 발생한 일이었기 때문이다.

더욱이 사고로 인해 부상자가 발생했고, 엔지니어 한 명은 외부 작업을 하던 중 실종되기까지 했다.

특히나 외부 작업을 하다 실종된 사람은 미국인이며 여성이었다.

기자들의 입장에선 이렇게 자극적인 소재도 없었다.

이로 인해 언론은 이 일에 대해 왈가왈부하며, 사고의 논점을 벗어난 방향으로 사람들을 자극시켰다.

사람들은 처음 사고 소식을 접했을 때는 ISS에 있는 사람들을 걱정했지만, 여론은 곧 어째서 엔지니어가 위험한 공간에 홀로 가게 되었는지, 그 이유를 따지며 관련자들을 물어뜯었다.

이 사건에서 정말로 중요한 점은 그런 것이 아니었다.

하지만 이를 바로잡으려는 언론사는 그 어디에도 없었다.

진실을 보도하는 것보다 이런 흥미 위주의 뉴스가 사람들의 관심을 끌 수 있으며, 신문의 경우 판매 부수를 늘릴 수 있었기 때문이다.

$$* \qquad * \qquad *$$

애쉴리 하버는 머릿속이 멍했다.

'무슨 일이 벌어진 거지?'

조쉬의 다급한 부름에 작업을 중단하고 ISS의 외부 해치를 열고 막 안으로 들어가려고 할 때, 갑자기 큰 충격을 받고 정신을 잃었다.

그런데 정신을 차리고 보니 눈앞에 있어야 할 ISS가 보이지 않았다.

뿐만 아니라, 발아래에서 보이는 지구의 크기가 예전보다 조금 작아진 것처럼 보이지 않는가.

'저게 뭐야?'

너무나 변해 버린 광경에 애쉴리는 가슴속이 답답해져 왔다.

치익!

"조쉬! 조쉬!"

애쉴리는 무전기를 켜고 조쉬를 불러 보았다.

시간이 얼마나 지났는지는 알 수 없었지만, 기절하기 직전에 통신을 한 상대가 조쉬였기에 그를 부른 것이었다.

그러나 아무리 불러도 ISS에 있을 그와는 통신이 되지 않았다.

'조금 전 충격으로 무슨 문제가 발생한 것은 아닐까?'

조쉬와 통신이 되지 않자, 애쉴리는 순간 덜컥 겁이 났다.

홀로 우주에 떠 있다 보니 고립감과 불안감이 밀려왔기 때문이다.

'산소는 얼마나 남았지?'

문득 그녀의 머릿속에 산소의 존재가 스쳐 지나갔다.

산소통에 있는 산소가 떨어지면 자신이 살 수 없다는 것을 느낀 것이다.

그래서 얼마나 남았는지 확인해야 할 필요성을 깨달았다.

'음, 작업하기 전에 세 시간이 남은 걸 확인했고, 20분쯤 작업을 하다…….'

고장 난 태양광 패널을 고치기 위해 작업을 하며 걸린 시간 등을 계산하던 그녀는 남은 산소의 잔량을 확인했다.

'내가 한 시간 넘게 기절해 있었단 말이야?'

세 시간짜리 산소통을 가지고 외부 작업을 나가 20분 정도 작업을 진행했다.

그런데 충격 때문에 기절하고 깨어나 보니 산소통의 잔량이 겨우 한 시간이 조금 안되게 남아 있었다.

정확하게 말하면 52분 정도의 분량이 남아 있었다.

'하, 내 목숨이 겨우 한 시간도 남지 않았다고?'

상황이 절망적이라는 것을 확인한 애쉴리는 순간 설움이 북받쳤다.

우주인이 되기 위해 공부를 하느라 제대로 된 연애도 한번 해 보지 못했다.

그렇지만 ISS에 승선하기 위한 과정이라 생각했기에 후회할 틈도 없었다.

그런데 한 시간 뒤면 죽게 된다는 사실을 깨닫자 너무도 억울하다는 생각이 들었다.

'이럴 줄 알았다면 연애나 마음껏 해 보는 건데…….'

꿈에 그리던 ISS에 들어왔고, 이제야 성공했다고 말할 수 있는 위치에 올랐는데, 허무하게 마지막을 맞이한다는 것이 너무도 억울했다.

'제발, 누구라도 좋으니까 날 구해 줘!'

애쉴리는 누군가가 자신을 구해 주길 간절히 기도했다.

그런데 궁하면 통한다는 말이 있던가.

애쉴리의 간절한 기도를 누군가 들었는지, 그녀의 머리 위에서 알 수 없는 무언가가 그녀를 향해 다가왔다.

아직까지 그것을 발견하지 못한 애쉴리는 멍하니 푸르게 빛나는 지구를 보고 있었다.

*　　　*　　　*

"실종된 엔지니어를 발견했다고 합니다."

슬레인은 KSS 모듈의 데이터를 확인하던 수호에게 보고를 하였다.

사고가 발생한 ISS에 대한 이야기를 듣고 실종된 엔지니어를 찾기 위해 지시를 내린 후, 할 일을 하고 있던 수호는 느닷없는 슬레인의 말에 고개를 들었다.

"벌써?"

ISS에서 사고가 나서 미국이 한국 정부에 도움을 요

청했고, 그것을 신준식 대통령이 수호에게 전달한 지 불과 40분이 조금 넘는 시간이 흘렀을 뿐이었다.

그런데 그 짧은 시간 만에 실종된 엔지니어를 찾아냈다고 하는 것이었다.

"네. 방금 지상 통제 센터로 보고가 들어왔습니다. SS—04가 ISS로부터 2,341㎞ 떨어진 지점에서 발견하여 구조했다고 합니다."

"금방 찾을 수 있어서 다행이군. 난 시간이 조금 더 걸릴 거라고 생각했어."

SH항공우주에서 보유한 추적 레이더의 성능은 의심의 여지가 없었지만, 이렇게 빠른 속도로 사건을 해결하리라고는 수호도 예상하지 못했다.

"마스터의 명령을 최우선으로 따르기 때문에 SH항공우주의 모든 힘을 기울여 찾았습니다. 이제 지상 통제 센터에 내려진 비상사태는 해제해도 괜찮을까요?"

"그래. 연구원들에게도 고생했다고 전해 줘."

슬레인과 대화하던 수호는 문득 가장 중요한 것을 묻지 않았다는 것을 깨달았다.

"실종자의 상태는 어때?"

"아직 정확하게는 알 수가 없습니다."

"아!"

수호는 구조했다는 말을 듣고 순간 착각한 것이 하나

있었다.

현재 실종된 엔지니어를 찾기 위해 동원된 것은 우주 쓰레기를 수거하기 위해 작업하던 무인 우주왕복선이었다.

그렇기 때문에 구출된 엔지니어의 상태를 알 수 있는 장비를 가지고 있지 않았다.

"음… 우주에서 표류했으니 아무 이상이 없어야 할 텐데……."

"너무 걱정하지 않아도 괜찮을 것 같습니다. 말을 할 수 있는 것으로 보아 신체에 큰 부상은 없는 것으로 판단됩니다."

"그래? 그건 어떻게 알았는데?"

방금 전에 무인 우주왕복선이 구조했다는 이야기를 들었는데, 어떻게 대략적인 상태를 파악할 수 있었는지 의아한 생각이 든 수호가 물었다.

"SS—04가 실종자를 발견할 수 있던 이유가 그녀가 ISS에 보낸 통신 신호를 포착했기 때문이라고 합니다."

"그렇군!"

스페이스 스위퍼에는 인공지능이 장착되어 있었다.

그리고 이번 사건과 같이 우주에서 불의의 사고가 발생했을 때를 대비해 여러 명의 사람을 태울 수 있는 작은 공간을 마련한 것은 물론이고, 그들이 생존하는데 필요한 물품들을 갖추어 놓았다.

이런 시설이 갖춰진 이유는 스페이스 스위퍼를 단순히 쓰레기 수거 용도로만 사용할 게 아니라 처음부터 다목적으로 설계했기 때문이다.

"정부에는 이 소식을 알렸어?"

"아닙니다. 마스터에게 가장 먼저 보고하는 것입니다."

"그래. 그럼 바로 정부에 알리고, 미국에도 전달하라고 해."

수호는 자신이 알아야 할 내용은 다 들었다는 생각에 그렇게 지시했지만, 곧바로 말을 바꿨다.

"아, 우리가 연락하지 말고 청와대에서 미국으로 연락하라고 전해."

"알겠습니다."

슬레인은 마스터인 수호가 어떤 이유로 그런 명령을 내린 것인지 알고 있다는 듯이 묵묵히 지시에 따랐다.

에필로그

찰칵! 찰칵!

많은 사람들이 카메라를 들고 사진을 찍고 있었다.

그들은 누군가를 기다리는 것인지 공항 활주로를 주시하며 카메라를 점검하는 중이었다.

그제 발생한 태양흑점 폭발로 인해 불어닥친 자기폭풍에 의해 부서진 ISS에 탑승하고 있던 과학자들과 엔지니어들, 그리고 외부 작업에 나갔다가 사고를 당한 여성 엔지니어인 애쉴리를 기다리는 것이다.

우주에서 조난을 당했던 애쉴리를 비롯한 사람들은 SH 그룹의 도움으로 무사히 지구로 귀환할 수 있었다.

다만, 건강상의 문제로 인해 한국에 도착을 한 뒤, SH메디컬에서 각자 검사와 치료를 받고 고국으로 출발했다.

미국인인 애쉴리를 비롯한 엔지니어, 과학자들은 오늘 이곳 로널드 레이건 워싱턴 내셔널 공항에 도착하기로 되어 있었다.

— 곧 서울발 아메리카 항공 777기가 도착합니다.

웅성웅성.

대한민국 서울에서 출발하는 비행기가 도착을 한다는 소리에 장내는 조금 전보다 더 시끄러워졌다.

이번에 한국에서 들어오는 아메리카 항공의 비행기는 특별기라 인천국제공항이 아닌 서울 공항에서 출발을 하였다.

씨이이잉!

비행기 엔진이 돌아가는 소리가 점점 줄어들며 활주로를 통해 들어오는 모습이 많은 이들의 눈에 들어왔다.

아메리카 항공 비행기가 멈추고 잠시 뒤 비행기의 출입문이 열렸다.

이윽고 승무원이 문 앞 양쪽에 서서 탑승자를 배웅하

는 모습이 보였다.

찰칵! 찰칵!

비행기의 출입문이 열리는 것이 보이자, 기자들은 더욱 빠르게 카메라 셔터를 눌러 댔다.

"감사합니다."

비행기 밖으로 나온 애쉴리는 자신들을 마중 온 기자들을 보며 작게 중얼거렸다.

"와아아!"

ISS에 있던 과학자들과 엔지니어들이 무사히 도착한 것을 환영하기 위해 나와 있던 사람들은 일제히 환호성을 질렀다.

특별기로 고국에 도착한 과학자들과 엔지니어들은 급히 마련된 단상에서 기자회견을 하였다.

과학자들의 대표로 엘런 무어가 나섰다.

"갑자기 발생한 사고로 인해 당황하고 있을 때, 저희들을 구해 준 대한민국 정부와 SH 그룹 관계자들에게 진심으로 감사하다는 말을 전합니다. 감사합니다."

엘런 무어는 사고 이후 ISS에서 느낀 절망감이 떠오른 건지 눈시울이 붉어졌다.

그리고 그건 다른 사람들도 마찬가지였다.

자기폭풍의 영향으로 지상관제 센터와 통신이 되지 않았을 때, 그리고 당시 ISS에 남은 산소가 얼마 남지 않았다는 사실에 모두가 절망하고 있었다.

자신들을 구출하기 위해서는 최소 몇 달은 걸릴 것이라 생각했다.

하지만 다행스럽게도 우주 쓰레기를 수거하기 위해 나와 있던 SH항공우주 소속 무인 우주왕복선이 자신들을 구출해 주었다.

뿐만 아니라 태양풍에 의해 어딘가로 날아가 버린 애쉴리까지 구출을 한 것이 아닌가.

그를 비롯한 다른 이들이 느끼기에는 기적이 아닐 수가 없었다.

"저희를 구하기 위해 한국 정부에 도움을 청한 프레지던트와 정부에 감사를 전합니다."

차례로 소감을 말하기 위해 나온 과학자들과 엔지니어들은 자신들을 구출하기 위해 적극적으로 나선 정부와 대통령, 그리고 이를 수락한 한국 정부와 SH 그룹의 관계자들에게 감사 인사를 하였다.

특히 사고로 조난을 당한 애쉴리의 경우, 그 감사 표현은 이루 말할 수 없을 정도였다.

그도 그럴 것이, 자신의 목숨이 불과 한 시간도 남지 않았다는 것을 확인한 직후 극적으로 구조되었기 때문이다.

그리고 이러한 그녀의 소감이 전국, 아니, 전 세계로

퍼져 나가자, 이를 청취하고 있던 미국인들과 많은 사람들은 대한민국 정부와 SH 그룹, 그리고 회장인 수호의 이름을 연호했다.

한 편의 영화와도 같은 일이었기 때문이다.

우주에 고립되어 인류의 미래를 위해 연구를 하던 과학자와 연구원들이 사고로 인해 조난을 당했을 때, 각국 정부와 관련자들이 나서서 협력을 하고, 여력이 되는 민간 기업이 힘을 보태 이들을 구했다는 것이 말이다.

거기다 얼마 전까지 대한민국과 전쟁을 치른 중국이나, 일본 또한 이번만큼에는 대한민국에 찬사를 아끼지 않았다.

대한민국이 어떠한 이득을 재지 않고 고난에 처한 이들을 구출하는데 앞장섰기 때문이다.

무엇보다 전쟁의 패전으로 한국에 불만을 가지고 있던 이들까지 이번에 한해서는 긍정적으로 보았다는 것이 중요했다.

특히나 일본에서 새롭게 정권을 잡은 평화수호당은 친한(親韓) 성향으로 일본이 지금의 상황을 벗어나기 위해선 한국과 친교를 해야 한다고 주장을 하는 정당이었다.

그런 평화수호당이 이번 ISS 사고에 대해 대대적으로

공론화시켰고, 한국 정부와 SH 그룹의 행보에 대해서도 자세하게 전했다.

그러다 보니 기존 K—POP 팬이나, K—드라마 팬들뿐만 아니라 혐한이었던 사람들마저 긍정적인 태도를 보였다.

그런데 이렇게 일본이 혐한에서 친한으로 돌아신 것은 K—컬쳐에 심취한 팬들이 많은 탓도 있지만, 결정적인 이유는 수호가 가용할 수 있는 여유 자금을 일본에 투자했기 때문이다.

특히 와타나베 마사히로가 내건 공약과 미츠노 요시무라에게 한 약속을 지킨 것이 주요했다.

원자력 발전소의 폭발로 방사능 오염이 된 후쿠시마와 인근 지역들에 대한 방재 작업에 막대한 예산을 투입하였다.

그리고 방사능에 피폭된 환자들을 치료하기 위해 인근에 치료 센터를 건설하고, 세포 재생 장치를 배치한 것 때문에 일본 내 SH 그룹의 인기는 자국 기업 이상으로 높아져 있었다.

그러던 차에 이번에는 ISS의 조난자들을 구출했다는 소식으로 인해 수호의 호감도는 더욱 치솟았다.

그도 그럴 것이, ISS에 일본인 과학자도 두 명이나 있었기 때문이다.

일본의 자랑인 과학자들이 무사히 지구로 귀환하는 것을 확인한 일본인들은 한국을 미워하기는 하지만, 예전만큼 혐오하진 않게 되었다.

*　　　*　　　*

2038년 10월 3일 가거도 SH항공우주 센터는 수많은 인파로 북적였다.

징징징징! 딴딴딴딴!

흥겨운 음악 소리가 울려 퍼지고, 미남미녀들이 나와 흥을 돋우고 있었다.

와아!

연예인들의 축하 공연이 펼쳐지자 많은 이들이 환호했다.

하지만 정작 이들이 기다리는 것은 연예인이 아니었다.

이들은 화성 기지로 출발할 세계 최초의 우주인을 기다리는 것이었다.

SH 그룹은 2031년, 회장인 수호가 총력을 기울여 화성에 유인기지를 건설하겠다고 발표를 한 이후, 불과 8년 만에 현실로 이룩하였다.

원래는 10년을 계획한 프로젝트였지만, 2년이나 단축

시킨 것이다.

사실 10년이라고 말했을 때도 모두가 불가능한 일이라 단언했다.

하지만 SH항공우주는 그룹과 회장의 전폭적인 지지를 받으며 기간을 2년이나 단축시켜 버렸다.

그렇다고 SH항공우주가 무리하게 계획을 진행한 것도 아니었다.

초기에는 한반도 상공에 떠도는 우주 쓰레기를 말끔히 청소하고, 그 위에 한국형 우주정거장인 KSS를 건설했다.

또 KSS가 완성이 되자 이번에는 화성 궤도에 KSS와 같은 우주정거장을 건설하였다.

이는 화성에 인간이 살 수 있는 기지를 건설하기 위한 준비 단계였다.

그렇게 화성 궤도에도 우주정거장을 건설한 뒤, 화성 표면에 탐사선과 건설 로봇을 보내 기지 건설에 유리한 지형을 탐사하였다.

그렇게 알맞은 지역을 찾은 뒤, 건설 로봇은 화성 표면에 있는 재료를 바탕으로 기지를 건설했다.

물론 필요한 물자는 지구에서 보내졌지만, 화성에 있는 자원을 기지 건설에 사용한 것도 맞았다.

이 때문에 세계 각국의 연구소에서 대한민국 정부와

SH 그룹에 공동 프로젝트 제안을 하기도 했지만, 수호
는 수많은 제안을 거절하곤 화성에 기지 건설이 끝난
뒤 논의하자고 일축했다.

그리고 마침내 화성 기지가 완성이 된 뒤, 현재 그곳
에 파견될 인원을 선발하여 출정식을 거행하는 중이었
다.

이를 축하하기 위해 많은 나라에서 축하 사절단을 보
냈다.

지금 수호는 축하해 주러 모인 이들을 맞이하기 위해
정신이 없었다.

"하하하, 감사합니다."

"축하합니다."

10년짜리 프로젝트의 완성이 눈앞에 있었기에 수호의
입가에는 함박웃음이 끊이지 않았다.

"삼촌, 축하해요."

오랜 인연을 맺은 플라워즈 멤버들이 수호에게 다가
와 인사를 건넸다.

처음 인연을 맺을 당시만 해도 풋풋한 소녀들 같던
플라워즈가 이제는 30대가 되어 있었다.

하지만 이들은 아직도 활짝 핀 장미와도 같은 매력을
풍겼다.

"삼촌, 화성에 기지도 건설했는데, 그다음은 뭐예요?

혹시 식민지를 건설한 건 아니죠?"

플라워즈의 막내 라인 중 한 명인 크리스탈이 장난스럽게 말을 하였다.

"오! 우주 식민지, 그거 좋다. 큭큭!"

옆에서 가만히 듣고 있던 혜리도 뭐가 그리 좋은지 큭큭 거리며 웃었다.

"그래? 그것도 나쁘지 않은데?"

장난스러운 크리스탈과 혜리의 말에 수호 또한 장난스럽게 맞받아쳤다.

물론 식민지란 표현이 좀 그랬지만, 무슨 뜻으로 한 말인지 알기에 그냥 넘어갔다.

하지만 화성 개발은 수호가 생각하기에도 나쁜 생각이 아니었다.

"슬레인, 어떻게 생각해?"

"괜찮은 계획이라 판단됩니다."

어느 날 갑자기 수호의 곁에서 비서로 일하게 되었지만, 사람들은 슬레인을 이상하게 생각하지 않았다.

그도 그럴 것이, 슬레인은 너무도 완벽한 인간의 외형을 하고 있었기에, 그를 안드로이드나, 로봇이라 의심하는 이는 아무도 없었다.

"좋아. 그럼 다음 프로젝트는 화성 식민지 건설이다."

"예!"

화성으로 우주인을 보내는 출정식에서 SH 그룹의 새로운 프로젝트가 계획이 되었다.

〈『울트라 코리아』 완결〉